诗水流年

江鹄 著

人民文学出版社

图书在版编目(CIP)数据

诗水流年/江鹄 著.—北京:人民文学出版社,2009
ISBN 978-7-02-006848-7

Ⅰ.诗… Ⅱ.江… Ⅲ.诗歌-作品集-中国-当代
Ⅳ.I227

中国版本图书馆CIP数据核字(2008)第146874号

责任编辑:王 干
责任校对:常 虹
责任印制:张文芳

诗 水 流 年
江 鹄 著

人民文学出版社出版
http://www.rw-cn.com
北京市朝内大街166号 邮编:100705
北京农业出版社印刷厂印刷 新华书店经销
字数96千字 开本640×960毫米 1/16 印张17.5 插页2
2009年1月北京第1版 2009年1月第1次印刷
印数1—10000
ISBN 978-7-02-006848-7
定价33.00元

如有印装质量问题,请与本社图书销售中心调换。电话:01065233595

目　录　Contents

壹 / Part Ⅰ

贰 / Part Ⅱ

叁 / Part Ⅲ

肆 / Part Ⅳ

伍 / Part V

陆 / Part Ⅵ

柒 / Part Ⅶ

诗 水 流 年

壹 / Part Ⅰ

开春儿

春的手
掀开了厚沉的冬棉被
田野睁开了惺忪的眼皮儿
春风吻化了
路旁发霉变黑的冰和雪堆
小溪流就欢唱起来了

我没进过幼儿园
那是管束小苗的苗圃
春天是我们这些野孩子的
解放季节
田野是我们的解放区
我们是追着春风到处跑的树叶

春风在秫秸梢上学鸟叫
春风熏软了柳树的枝条
拧两下,就能弹奏音乐
纸叠成的风车儿
不用鼓疼了腮帮子吹
春风一口气
就叫它转几天

春风啃着我的脚趾
真痒痒,干脆脱去棉裤
那死沉的茧壳

干脆甩开棉鞋
那飞翔的累赘

春雨一场，把藏在炉灰里的煤核
浇洗得露出真面目
最怕春天的大风
和炉灰一起从卡车上卸下来
我和伙伴们
成了灰人儿

城里人

姑姑家在城里
是我在伙伴们面前
自豪和吹牛的资本
我陶醉于那羡慕的眼神

城里是宝葫
摩电车无轨红巴士
仰脖看不到顶的楼群
每次进城
我都晃得头晕

衣裳新潮洋气
细皮嫩肉的城里人
住的房子都摞成摞儿
比我们高得很

一对红男绿女,年轻的城里人
乘一辆自行车穿过我和同伴的视线
一个伙伴说
他们来这里走亲戚
另一个伙伴说
水凌棵子荆条丛
就是他们的亲戚

菜　农

母亲到菜窖打零工
伺候躲进地下的青菜
把我带进了
赤橙黄绿青蓝紫的世界
杨柳枯败的隆冬
我走进夏秋季节
看到了和菜在一起的菜农

又白又绿的大白菜
砖红色的胡萝卜
红皮青皮的大萝卜
嫩绿得出水的辣椒
鲜亮胜过夏秋

母亲的脸
染上越来越浓的菜青色
那红萝卜的色泽
回不到母亲的面颊

傍晚，母亲拎回了菜帮残叶
和几块长黑斑的残破萝卜
明天，那个青绿鲜亮的世界
就启程运到城里

火车站

我家离火车站不远
父亲从一个车站
登上劳累的列车
在另一个车站
结束疲惫的旅程
车站是他的始点和终点

火车站灯光昏暗
照得不远
火车把灯光拉走
拉成一条光的线
火车站是生命的驿站
两根铁轨把一座座车站
串起来,串成一串
人生的项链

火车站是我人生的节点
和爸爸去北大荒买度荒的粮
跟妈妈去大地里拾荒
都从这车站挤上挤下
去广阔天地犁田
走进伊通河畔的象牙塔
到燕山山麓耕作
都从这车站出发
每一次出发,都标出人生长句中

不同的句逗

记得车站的老站长
就烦我们这群调皮蛋
他铁炉子上的饭盒
冒出饭香
让人涎水流得好长
他那帽檐下压不住的灰发
使我们说话都压低嗓音

在我少年的文学梦里
曾站在车站的地道口
用易折的铅笔
用幼稚的眼睛
收录人物,进出车站的表情

地瓜的缘分

地瓜是
挨饿时光的救命粮
藤状的瓜秧，把父母和我
缠进一小条一小块的瓜地里
把全家人缠得更紧密

掉进土里的汗珠，微咸
是孕育地瓜的胚胎
长大了，就变成了甜
瓜秧翻了九十九遍之后
肥胖的地瓜
就被成群结队地
运回了家里
母亲总是挑最大最肥的
送给亲戚
一家人乐融融品尝地瓜的香甜
嘴角的笑，覆盖辛苦的印痕

起沙的，稀软的，红皮的，紫皮的
让全家过了个肥秋
又有了打饱嗝的冬天
煮熟后晾晒的地瓜干，黏韧黏韧的
嚼得牙松嘴疼
生地瓜干晒出冬的霜雪
和进生活的苦涩

甜丝丝凉爽爽

那年月，我把几代人的地瓜
都填进了我的肚子里
占了子孙的便宜

我家的防洪堤

一夜瓢泼大雨
咬漏了薄弱的门
几十元置办的房子,雨夜里
变成小泽国

脸盆漂浮着,差不多
能直接上炕
我的鞋子
成了小船,摇摇荡荡
平时找不见的东西
都漂在了水上
炕下成了个小军港

那以后,父亲上班不在家
我就像勇士
从窗户跳出去
在雨帘闪电中
用黏黏的黄泥封住门
堵住洪水的入侵

我羡慕城里住楼房的人
他们不用担心雨水进家门
父亲说,还有人比我们更差
他们住在窝棚里

味 儿

从工厂来的垃圾
机油、铁屑和铜锈铅末
混合成的味儿
是醉人的醇香
不能使劲闻
醉了躺倒
就丢了诱人的宝藏

从火车头刚吐泻出来
冒着青烟，还有些暗红的炉灰
烤脸冲鼻子的味儿
是饼干面包的麦香
不能多闻
赶紧装满桶搂满筐

有时“停工”几天
就会有些惆怅
不光为了收获
单那诱人的味儿
闻到就令人兴奋激昂
不是用鼻子闻
是用心去品尝

恶臭的粪汤
菜农闻到的是甜香

那是菜畦里绿苗的营养
大雪过后的奇冷
送给农民的是暖洋洋
那是麦苗过冬的衣
和开春儿后滋润的墒
白雪能蒸成白馍
白雪就是养命的粮

伙伴们的理想

天上闪着淡淡的星光
临街的胡同口,成了
理想起飞的跑道
帆船远航的港湾

柱子想有一辆
拉脚的带车子
最好是倒骑驴
祥子盼着
有一辆带罐的拉粪车
进城掏厕所
拉回来卖给生产队
山子想有
属于自己的摊床
当个货郎走街串巷
贵子想去城里卖菜
春天的小白菜
一斤能挣三分钱
大槐说长大了要买一辆
永久牌自行车,要加重的
可以带些货,又能带媳妇
只有宝安儿野心大
说将来当个大夫最好
拿听诊器穿白大褂
野心引来一阵贬

说宝安儿是个
想吃天鹅肉的癞蛤蟆

我想当记者,挎台照相机
到处咔嚓,或者
能当作家
我没勇气说
怕同伴儿们笑话

我和伙伴们的理想
同柳条湖的天地一样大
就像伙伴们的风筝
从来没飞得太高

铁钩子和小桶

铁钩子和小桶
我童年的竹马
铁钩子和小桶
使我参与了家计的操持
钩出了父亲满意的眼神
盛装着母亲的微笑

铁钩子和小桶
成了我加入大城市边沿，野孩子队伍
的资格
盛满煤核时
我硬挺起小腰板
在伙伴面前摆出自豪
忍着瘦凸的肩骨
嵌进小桶的胶皮梁里

我用铁钩子和小桶
迎接从城里来的大卡车
勇敢地冲上去
大卡车从工厂来，送来了铁屑、机油
混成的
味儿，送来了埋藏着
碎铜、铁块、铅丝、铝线的垃圾
大卡车从工地来
送来了破砖败瓦木条和灰泥

那是城市的边角废料
我的宝贝
大卡车从居民区开来,送来了城里人的
生活垃圾
装满熏倒人的霉味
和那令人呕吐的,城里人多彩生活的遗弃

铁钩子细拨密滤
捕获灰土粉末中的铜铁锡
铁钩子的利齿
咬住砖头
揽回贫苦人家可用的东西
臭气熏天的生活垃圾
有时也能刨出一点儿奇迹
铁钩子打着冲锋
小桶儿盛装着战利品
铁钩子和小桶
我童年的生产工具

过　年

过年，在冬天
最冷的那一天
心里，却是暖融融的春天
雪花追着灯火
粘在我们脚上
挤进门槛

母亲
端出了年饭
过年，母亲才对我们慷慨
甚至没边
父亲
露出了平时少见的笑脸
父亲的眉头平日上着锁
惟有过年这把钥匙
才能打开它
我的鞭炮
差点儿炸坏了叔伯给的一毛压岁钱

过年就是穿新衣新棉鞋
在同伴面前趾高气扬
在亲戚面前露脸
那是母亲的针线
过年就是任性随便
即使出错受罚，也能

缓期到过完年
记个账就算
最怕是过了初五
新衣裳收进箱子
压岁钱上缴
好吃的收摊
过了初五，就开始了日思夜盼
明年最寒冷的那天

蜡笔画

少年是水粉画
明快纯丽
那是炎热的夏
手指一碰
水滴就流下来
绿叶就掉下来

青年是国画
浪漫激情，犹如
春天的蒸腾
竹子长到天上
没有蹄子的马群在腾飞

中年是油画
凝重厚实，就像
收获的秋
从画中摘下果子，马上
就可以送到嘴里，那桦树皮
一点就着

老年是木刻画
深深的纹络，就是
皱纹的拓片
那简约的线条，就是
老人的欲望

就是冬天的世界

我手里没有油彩,没有
毫毛竹管的笔,只有
一小盒蜡笔,只能
画几幅童年的蜡笔画

铁道南那个坡

为了跨越由东向西的
铁道线,隆起了
铁道南那个坡
我人生第一个攀爬的坡

炉灰、石块、垃圾
堆起的坡
风一刮,沙粒、灰面
把匍匐着拉车上坡
纤带嵌进粗黑肉里的
邻居叔伯
和挎着小筐捡煤核的我淹没
硬让我品出了
灰土里腥咸腐臭的味
干呛出肚里的野菜汁
体味了上坡的难

最过瘾的是从坡上
用掏裆的骑法,驾驭
自行车向下飞奔
有从未有过的喜悦
和翻车之后
鼻青脸肿的疼痛
一颗门牙和皮裂露骨的胳膊
让我体味到下坡的易和险

铁道南的坡
我人生第一个攀爬的坡

泥鳅和鲫鱼

泥鳅浑身的黏液
是我的兴奋剂
夜里泥鳅游进我的梦
钻得我直痒痒
一根鱼线拴上十几个鱼钩
一池塘的泥鳅
都想装进我的网兜

在我欣喜得意的时候
一群集体行动的泥鳅
把鱼杆拖进水
我来不及抓住
垂钓落得个全军覆没

鲫鱼的鳞片
我梦里闪烁的星
鲫鱼在手掌下的欢跳、挣脱
让我的心跳到了嗓子眼

河沟浑水的泥窝
鲫鱼酣睡的床第
星月快要休息的时候
是摸鲫鱼的最佳时机

强压住太快的心跳

搂着装鱼的搪瓷盆
悄悄埋住心底的秘密
赤脚上路
披着星月到河里
处处失手窝窝空虚
原来鲫鱼比我更早起

童年的佳肴

母亲是穷人的厨娘
她那双粗糙又灵巧的手
是美味的加工厂
她把苦涩调成糖浆
把辛酸烹饪得喷喷香

我钓的泥鳅
摸的鲫鱼
捉到的青蛙
经过母亲的手
变成了一盘美味
我童年的佳肴
是母亲对我收获的奖赏

我请母亲吃
她总是象征性地尝一尝
故意喷喷出声响
她说，孩子吃了野味
会筋骨强壮
我把美味和母亲的微笑
慈祥满足的目光
吃光，舔净
夜里，一盘野味又返回我的梦乡
青蛙在心湖里鼓噪
泥鳅嗞溜嗞溜

冲撞我的心房
小鲫鱼欢快地游弋,翻闪着的鳞片
白亮白亮

从蝌蚪到青蛙

随母亲去挖野菜
母亲挖回补济家的口粮
我挖回童年的金梦
母亲捉到一只青蛙
用青草拴在我的手上
绿色花纹的青蛙
绿色的田野,使我拉着母亲赶快回家
我担心,田野也会染绿
我们母子俩

母亲指着水里的小蝌蚪,告诉我
那是青蛙的孩子
你就是我的小蝌蚪
我提着青蛙,望着黑尾巴的
撒欢儿的小蝌蚪
把母亲衣衫上的花纹
与青蛙对比,在苦思冥想
我就是小蝌蚪
我什么时候就没了尾巴

姥姥

姥姥是个小脚,三寸金莲
那个时代留给她的纪念
姥姥蹒跚的步履
踩着清朝的败叶走过来

在生活的山道上,姥姥
一扭一扭
无力地踩踏着苦味的曲麻菜
蜇人的霜雪,翻越着
绊人的坎和坡

在姥姥踩出的小道上
从没落过一片幸运的树叶
她的女儿们跟着寒风到了东北
姥姥也一挪一挪到了关外
姥姥的四个女儿,是
四朵苦菜花
苦菜花的命运
让姥姥放心不下

姥姥白白净净
凄风苦雨,没有
洗糙她的脸颊
姥姥就是香甜的地瓜干
和几粒红枣

姥姥就是线装古书
里边有讲不完的故事
我品嚼着嘴里的甘甜
吞咽下姥姥讲的每个字符
姥姥就是我的命运女神

死神曾以
我刚出世后不久的
一场重病为由
宣布要收回我的生命许可证
姥姥日夜搂着我
紧贴她的胸口
抚育生命的温床
死神终于在姥姥慈爱惜怜的
利剑面前
失败逃走

乳 名

乳名是春天枝头的
芽尖儿
嫩嫩的
让人娇宠
乳名是大树年轮的
芯儿
不论长多大
都是第一圈

我的乳名叫“大孩儿”
是父母担心我
长得慢
从五岁起
就没有了天真
那年六一,老师说
这是给你们最后
一次过儿童节
我不再是“大孩儿”
要告别我的乳名
芽要长叶
年轮要一圈儿一圈儿大

苍老的北塔

北塔是一位苍老的祖辈
在爷爷的爷爷出生之前
它就很老很老了

小时候的傍晚
母亲用北塔的妖怪
把我早早关进家门
父亲用北塔的大蟒蛇
把我塞进被窝
我羡慕盘旋在塔顶的老鹰
妖怪抓不住它
它能随时冲下去
啄瞎大蟒蛇的眼睛

上学时的早晨
老师用北塔保佑、祈福的功能
把北塔砌在我的心中
我一直盼望能攀上去
打开那扇
从来都紧闭的小门
把塔里装的
扬善、慈悲、佑福的光芒
都放出来
照得更远更广

一个滂沱雨夜
北塔用苍老的身躯
与闪电铸成的剑
雨绳拧成的鞭
搏斗了一番之后,终于散了骨架
我慌忙与北塔对话
想发挥功用
首先要恢复青春和体力

雪 花

一年四季，落在地上
最多的花是雪花
覆盖天地最大的，是
雪的花朵

黝黑黝黑的小伙子
吸引了白雪姑娘
都是为了爱
雪白雪白的雪
把黑土地严严实实裹起来
大地哈着气问白雪
你怎么这么白
白雪羞怯地答
为了你这么黑
我才这么白
雪花给东北的天地定了调
黑土地汉子的直白，不拐弯
黑土地女人的率真，没遮盖
是白雪洗炼的

雪花掉在四姨的棉袄上
凝固不动了
雪花成了四姨夫
越冬的棉衣
成了菜园子熟睡的暖被

母亲扒出厚雪捂住的
劈柴和碎煤
清寡的日子
让雪捂得更清寡

雪花充实了
我和玩伴儿们的日子
陷在雪里的马车轮，打滑
挥断了几根儿鞭梢
也拉不动。我们和着鞭响
在一旁起哄
用白雪堆塑的你我他
任我们摆弄
用白雪制造的炮弹、手雷
打疼了屁股
轰得满街巷
残云密布
小桂花说，这么多白面
过多少个年
也吃不完

父亲的窗口

父亲坚守的守车
有一方不大的窗口
送进春的风
送进夏的绿
送进秋的金
送进冬的雪
送进车头吐出的
煤尘和水雾
很稠很稠

芦苇荡里的螃蟹
爬进来
挂着红脸苹果的枝头
伸进来
缀满红宝石般山里红，带刺的枝头
横进来
一嘟噜一串的松蘑干
挤进来
父亲把多彩的世界
从窗口收进来，装进挎包
带回家
全家人欣赏窗口里的景
品尝窗口送来的味儿

山里红连籽吞下去

我担心,哪一天,树苗
从肚子里长出来
大螃蟹跟父亲横着爬到我家
气势汹汹　自傲自大
吓得我从小河沟里捉到的
指甲盖大的小螃蟹
不敢出声
大螃蟹的钳子,在我的梦里
像推土机的铲
我不敢去碰

诗 水 流 年

贰 / Part Ⅱ

摊煎饼

圆圆的沉重的
煎饼烙子
跋山涉水
喘着粗气
和父辈们一起闯关东
摊煎饼的手艺
一直陪着母亲
是她的拿手好戏

支起烙子
燃起柴禾
千百年传下来的种
就在黑土地扎下了根须
袅袅的青烟飘多远
煎饼的味儿就香多远

清晨第一缕曦光，撩开
罩在母亲周身的烟帘
火星尘灰的辛辣，呛出了
母亲的第一声咳嗽
夕阳收起最后一丝霞光
母亲才直了直腰板
一摞摞一叠叠煎饼
建起了我家的粮仓
母亲妙手

飞舞走蛇一天
让粗糙的五谷杂粮
变得香软酥甜
母亲也把难熬的日子
摊得香软,香软
就容易下咽
母亲也把辛酸摊薄了
薄了的辛酸
就容易承受

煎饼是穷人家的美餐
春夏秋冬
酸甜苦辣咸
都能卷进去
慢慢嚼慢慢咽

蜻蜓和蝴蝶

在柳条湖小河沟里
追逐蜻蜓和蝴蝶
追逐飞翔和美丽
不顾剌剌秧的毛刺
咬伤我的脚脖儿
不管草丛里
吓人的蛇
跑丢了妈妈
熬夜做的鞋

蜻蜓有一个飞行编队
大青、豆青、大黑、小红
黄玛玲和烟袋锅
蝴蝶是一群舞者
白蝴蝶、黑蝴蝶、黄蝴蝶
和彩蝴蝶
捉到大青，用线拴住
蜻蜓带着我飞翔
我加入了
蜻蜓的编队
捉到蝴蝶，用线拴住
把美丽和我拴在一起
周围那翩翻的彩翅
舞成彩色的云
舞得我眼晕

我在追逐中
发现了秘密
蜻蜓从水里的虫蛹中
脱壳
蝴蝶由草秧叶片上的虫蛹
蜕变
它们飞翔之前
都没有翅膀
都是水里和土里的虫卵
它们美丽之前
都土里土气,很普通
甚至丑陋
这个发现让我犹豫
还要不要继续狂醉地
追逐蜻蜓和蝴蝶

大妗子

大妗子素衣布褂
土蓝布被阳光
印上一朵一朵泛白的花
下地缠的那条
蓝底儿碎白花头巾
裹住了她粗黑的秀发

大妗子是春蚕
吃下素素的桑叶
吐出亮亮的丝
编织着全家人的生计

为大舅身上的衣,和
衣上的补丁
大妗子熬困了星星
熬乏了月亮
白天她伺候地里的庄稼
晚上伺候男人和孩子
只有昏暗的煤油灯
伺候着她

大妗子是一架
操劳的机器
大妗子左鬓垂下的
那绺长发

常常遮住她的
半个脸颊
谁也猜不出
她思啥虑啥

大妗子使我想到了
蒙着眼睛
在磨道里一圈一圈
拉磨的驴

大舅的独轮车

大舅的独轮车
吱吱嘎嘎地叫
在大舅听来
就是动听的音乐

独轮车简陋
就不挑路
只要人能走
就是独轮车的路

独轮车在家门和地里，村和村
村和墟集之间
碾出的车辙
就是大舅的命运曲线
就是他理想的印痕
把所有的辙迹串在一起
就是大舅生命的踪旅

大舅弯着腰，对命运很卑谦
推着一家人的希望
推着一家人的生计
推着对老婆孩子的爱
推着一车子的辛酸

独轮车一身木头

木头车板木头轮子
配上木讷的大舅
木轮换成胶轮
大舅还是那样木讷

坐过大舅独轮车的我
坐着飞机满世界飞时
大舅还没有坐过火车
大舅还推着他的独轮车

剃头棚的畅想

从旧货市场
买来的理发推子
在我厚草般的
头发丛里
掘进耕耘

父亲用慈爱的心
和吃奶的力气
把山区的梯田
修到我的头上
把狗的牙印
啃满我的后脑勺

涩锈的推子
咬疼了我的头皮
咬出了对父亲的埋怨
推掉了我的自尊心
推薄了我的脸面
每一次理发
成了在老虎凳上受刑

最难堪的是
伙伴儿们的评品
傻二柱的锅盖头
让我掉价丢人

最难受的是
碰上班里的女生
慌忙低下头
用头皮硬顶出
一条眼光的缝

父亲激将我
考试全一百
就去剃头棚剪发

剃头棚里灯管的银白光
门前摇摇摆摆的店幌
吸引我羡慕的眼神
那里不仅能把
长发变短,直发变弯
更能把人变得光鲜
但需要父亲掏钱

父亲的诺言没有兑现
继续在我的头上修梯田

父亲的山　母亲的河

顺着祖先根脉的须
数着越来越亲切的星星
坐着“票车”
乘着绿色的游龙
在母亲怀里　在父亲背上
回到了父亲母亲的出生地
一个叫青风岭
在山岭上的小村
一个叫西水码头
在河边的小村

父亲娶了水码头的水
母亲嫁给青风岭的风
是山水之亲，是风水之缘
风水就是风和雨
风雨同舟就会
刮刮断断，行行停停
甚至也会搁过浅
最终风雨没有断线

我是山水的果子
风水的产品

在青风岭上
我学会了跪拜、磕头

向父亲的长辈和乡亲们
行大礼
我的嘴唇
沾满了故乡的土
我的鼻翼
呼吸到了血脉的气息

晚上睡在三奶奶的怀里
屋子残破,炕也不热
却睡得香熟
我这小小的游子
已经接通了血脉的根

在西水码头村里
我被娇宠成了宝贝
在姨妗们浣衣洗菜淘米的
水里
我光着腚
成了一条游来游去的小鱼
在养育母亲的河里
又找回了摇篮和襁褓的
感觉

我和故乡的孩子们
用青风岭挖来的胶泥

和着西水码头的水，捏泥人
捏我捏你捏猫捏狗
捏螃蟹捏鱼
用屎壳郎的翅膀做动力
做成风车，帮大人们推磨

我舍不得离开
父亲的山　母亲的河

舅姥爷

舅姥爷
是我的“军火供应商”
打塑料子弹的玩具枪
让我当上了伙伴们的“上校”

舅姥爷
是我的甜蜜
头一回有了
铁盒包装的糖
舍不得吃,藏着,留着
黏成了一坨糖浆

舅姥爷
是妈妈的一截儿愁肠
舅姥爷在煤矿当个小头头
一辈子把酒当成爹娘
喝酒时却没有矿工的气派
下酒菜是一晚一晚的时光

酒里有老家的河
有山海关的墙
去年老家的收成
他青年时代的荣光
都是旧年的谷子和糖
连民国辫子军的轶事

也从酒瓶里
一滴一滴倒出来
又缓又稠

一抿一抿地喝
一滴一滴地品尝
抿困了公鸡
抿亮了星星
抿落了月亮
抿出了太阳

舅姥爷每次都说
退休回山东老家
用地瓜干高粱
自己酿酒
把自己泡进酒缸
就躺在了爹娘的怀里

山东堡

凭着蒙山岩石的刚硬
和梁山泊的江湖精神
一家山东人在关外冰天雪地
扎下了深深的根
根串根，很快
长成了一个山东人的族群
一个叫山东堡的村屯

乡音是山东堡的藩篱和城墙
从山东刮来的风
出这家的门
又进那家的门
树是山东的树
草是山东的草
那一群群灰麻雀
喳喳叫的
也是山东的音

山东堡被边缘在
大城市的镜框之外
同一方土地上涌流的血脉
织成了一个异地的故乡
从每张嘴里呼出来的
那浓浓的
煎饼大葱地瓜大蒜

合成的味儿
就是堡子里人的证件

几家人搬走了
又搬回来了
狗丢了，羊跑了
又都回来了
风在堡子外边转了几圈
又转回来了

我用老师的话调
朗诵白天学的课文
父母说我是憋洋腔
听得耳根子紧
我慌忙翻译成山东话
表示没有背叛
温慰父母的心

多彩的海

父亲浸吸了太多太硬的冷风
骨缝已经填满
霜雪的颗粒
海滩的沙
吸饱了炽热的阳光
能挤出藏在骨缝里
那些冰冷的碎屑
温暖的海水
能把冷风赶出去

父亲在夏天去了
泡在海潮沫里的疗养院
治疗他的风湿病
我把母亲用心我用笔
写成的信，连同母亲的微笑
和我对大海的遥想
装进信封
从海边来的风
把父亲的信寄回来
信纸浸透了海水的咸味

父亲跟着秋风
从海边回来了
我没见过海
父亲把海带回了家

白天品着父亲带回的海鲜
捧着花花绿绿的贝壳
向伙伴儿们炫耀
夜里用手用网兜
在梦中捞鱼抓虾捡贝壳
贝壳生了翅膀满天飞
对虾不听话
鱼摇摆着游向大海深处
我追去时,海浪闯进了嘴里
海水的滋味,咸咸的

老虎台

对矿工，老虎台
是采煤的煤矿
对我，老虎台
是关于老虎的梦

煤海昨天是林海
林海一定藏着
一群一群的老虎
一定很凶很凶
我敢肯定
煤层里会挖到老虎的牙

今天穿行在煤海里的老虎
就是像表舅一样的矿工
那露天矿的一层层梯级
就是老虎的牙印
那千米深处的巷道
就是老虎咬的洞
矿工从井下上来
就是老虎出了笼

“老虎们”大块大块地吃肉
大口大口地喝酒
很快把血汗换的票子
花干净

说不定
未来采煤的矿工，在煤层里
能挖出他们的牙

煤矿里的真老虎
是秉性不定的瓦斯
老虎温顺时顺着管道
跑到每个矿工的家
把炕烧得烫屁股
冬天里把春天送到家家户户
把喷香的饭菜端上饭桌
老虎在井下发脾气的时候
就张开了血盆大口
吓得地动山抖
撕心裂肺的矿笛哀嚎着
老虎又吞噬了
老婆的丈夫
孩子的爸爸
母亲的儿子
弟弟的哥哥

表 舅

表舅是一个煤黑子
把压在地下的阳光
再挖出来
自己熬着没有阳光的岁月

表舅是小眼睛
长期适应了黑暗
眼睛更小了
表舅被煤层挤压得
很瘦弱
煤井吞进表舅,又把
煤块和表舅吐出来
表舅每回出来
都摇摇晃晃

表舅在煤海里游泳
黑色和黑暗
把他洗得特别白
是黑色和黑暗
对他的回报

矿灯代替不了阳光
每天表舅上井出来
都让等在井上的阳光
狠狠地照

表舅幸运地娶了
漂亮能说的舅妈
呱呱地说
哈哈地笑
震落星星,震弯月亮,震开门锁
等表舅回家
舅妈引得表舅
把在井下攒下的话
都倒出来

四叔和四婶

四叔个子最高，排行最小
四叔和四婶结婚
把工农结成一对新人
远远看，田野边上
树起工厂的大烟囱

四叔的身骨最弱
受的苦累最多
能干的四婶，挡不住
四叔背驼腰弯的进度

四叔的皮肤最白
经受的日晒雨淋霜冻最多
进城卖菜
让青菜染青了脸
茶叶蛋的黑汁
涂满了他的额头
烤红薯的焦炭
烧煳了他的双手
落在四叔四婶头发上的白雪
永远也洗不掉

把皱巴巴的零钱
一张一张地展开，摞成一叠
就是四叔和四婶

最快乐的时候
他俩铺展着日子
铺展着全家的希望
铺展着孩子的前途

那一叠一叠的小票
就是孩子的课本,棉鞋和衣裳
就是孩子娶媳妇的嫁妆
他俩铺展小票的时候
已经看到了儿媳妇的笑脸

戴素香

一只蝴蝶领着我
到了校园
从门缝里巴望
向往的课堂

白底儿素花长裙
在讲台上轻盈飘荡
教室里响着鸟的婉啼
一个美丽的姑娘
当着老师

我上学了
班主任竟是那个姑娘
她的名字叫戴素香
戴老师的眸子
放射的善美光芒
把我和全班
领进阳光明媚的苗圃
领进她开着鲜花的
灵魂的巢穴
我们的枝桠
愿意让她修剪
我们的灵魂
愿意让她设计

戴素香的名字
把课本熏得香醇
裙裾上的花瓣
飘落到校园
开满一地
花的香气
芳馨了课堂
让我们的身心幸福

二伯父小皮匠

街上的人管二伯父
叫小皮匠
叫出了一番悲凉

二伯父掌鞋的手艺
挣到了逃荒到东北的
第一顿煎饼咸菜大葱
又让二伯父
在爷爷奶奶
被寒冷病魔掠走后
越过大伯父
当了姑姑叔叔和爸爸的
爹和娘

二伯父一家八张嘴
啃咬着他粗糙的手掌
渐渐佝偻的腰
瘦削的肩膀
五业十八行，凡是卖力气的
都试过他的手、腰、膀

二伯父的破棉袄
披挂的星星最多
星星还没退净
又披到了身上

他把家人和养的猪羊
一起赶起来
和他一块披星星戴月亮

他脾气最不好
把孩子当猪羊养
把猪羊当孩子养
骂猪羊像骂孩子
骂孩子像骂猪羊
只打孩子
不打猪羊
胃病在他身上安家落户
悄悄成长
他怕凉,依恋着火炕
胃病熬成了胃癌
咽气前,一定叫家人
把他抬下炕
他说,热乎给家人留着
我身子太凉

柳条湖的小河沟

没有湖的柳条湖
只有一条小河沟
我儿时的黄河长江

水第一次托起我，又呛了我
让我学会了“狗儿刨”
第一次钓到青蛙，摸到鲫鱼
送给我收获的享受
第一次看到蜥蜴和蛇
起了一身鸡皮疙瘩
第一次让野蜂叮了大包
红肿得像灯泡
第一次屁股上叮住了蚂蟥
惊恐地跑上岸
顾不上光屁股的羞
第一次为洗野澡挨打
屁股上留下父亲粗糙的手印
第一次给我自造的
冰车和冰滑子试车，飞翔
在冬天里送给我春天里小鸟的感觉

二伯父在河畔发现了我
没训斥，反而向我的背心里
塞满了他种的芸豆角
让我揣回家

爸爸手里的灯和旗

爸爸是列车长
信号灯和信号旗是他
最亲密的伙计
是他的饭碗

黄红绿三色的灯和旗
决定着火车的命运
我第一次认识了颜色
和命运的关系

爸爸把旗
洗得干干净净
把灯罩
擦得明明亮亮
爸爸用心
洗涤着我的心
用手里的风雪
擦拭着我的眼睛

黄红绿的颜色指挥着
火车的行止，不让它出轨
爸爸用手里的灯和旗
影响着我命运的旅程

爸爸只是小学毕业

学习上早已不能辅导我
年月洗得那旗
越来越败破
日子擦得那灯
越来越老旧
但那旗的旗语
那灯的光亮
告诉着我人生航程的方向
行止和轨道

去四姨家的山路

去四姨家的山路
翻七道山梁八个坡
荒草缠腿,碎煤矸石
硌疼了我的脚

四姨从这条山路
嫁给了四姨夫
四姨夫从这条山路
背着怀孕的四姨
到医院看病

山路把微薄的收成
送回四姨家
一家人的生活
就像山路上的荒草
干瘪疲弱,没有起色

四姨夫把煤矸石背回家
煤矸石卡值低,烧不热
四姨家冰凉的炕
屋里屋外都是冬天

山路送我
进了四姨家的老屋
黑熏熏的四壁和房梁

悬着几条晃荡的灰吊儿
从四姨四姨夫黑黄脸上
漾起的欢喜表情
更让我心神感伤

四姨把四姨夫
用过的高中课本送给了我
原来想用它们糊墙
让老屋光亮光亮
我饱餐了四姨送给我的
精神食粮
那一年冬恢复高考
它们派上了用场
我劫走了带给四姨家老屋的明亮
黑暗继续留在老屋
明亮照着我的路
一段比一段光亮
四姨和四姨夫
仍旧走那条山路
住那老屋

火车

钢铁的泰山，拖着
钢铁的巨龙，在铁轨上
喷云吐雾　风驰电掣
这是我第一次见到的火车

我和伙伴们狂喊
抵抗震耳欲聋的轰鸣，和
被吞噬的恐怖
我们大着胆子靠近路基
数列车一共有多少节

母亲说，你爸爸是车长
就在最后一节
守车
他有很大的权，能让火车停下
父亲说，黑色的是货车
绿色的是“票车”
你长大了，我们回关里
就坐票车

一天，火车突然喘着粗气
停下来，我们有
面对天外来客的感觉
火车又咣当当启动了
汽笛干嚎着

为刚才轧到的那个人鸣哀

邻居老孙家
那个憨实黝黑的青年
我叫他孙大哥
因为订好的媳妇悔婚了
就把浸泡在心痛中的身躯
塞进了火车轮下
老孙家一家人关起门来哭
只是那门太破
挡不住哭声
半夜时,我又听见铁道上
传来火车汽笛的哀鸣

扒火车的本领

守着江河的孩子像鱼
会游泳
靠着铁道旁的我和伙伴儿们
是一群小精灵
又像一群小幽灵
凭着练就的扒火车的本领
勾画着铁道边上的一道风景
飞上飞下，用车轮代步
省劲儿又威风
躲开司机的眼睛
藏在车厢的夹缝
像猫一样轻身上车
一个滚翻下车
皮球一样着地
不软不硬
一群小铁道游击队员
像在演电影
最终没有逃过
父亲老铁路的眼睛
差点儿打断我的腿
几个月都疼
有个伙伴儿停学几个月又来了
少了一条腿
多了两根拐杖

收　获

我的收获在课堂
老师把我的作文当范文
大声朗读
老师把我期末考试
全班第一的成绩
大声宣布

我的收获更在田野
在铁道边,在炉灰山上
在卸垃圾的大卡车旁
柴禾燃烧时
映在母亲脸上的火光
煤核烧热了冰凉的炕
落秧时背回家里的豆秸瓜秧
铁钩的利齿
刨出了沉甸甸的废铁残铜

我用幼嫩的肩膀
我用不小的辛苦
收获了父亲的满意
收获了母亲在妯娌面前的骄傲
收获了弟弟妹妹的羡慕
收获了我帮补家庭的心理满足

詩　水　流　年

叁 / Part Ⅲ

槐树·槐树叶·槐树花

荒年把槐树叶
抬举到了
穷人的饭碗里
朴实的槐树
向饥饿的人们
伸出了软弱的手臂
不起眼的槐树叶
救了多少人的命

滚沸的开水
把槐树叶的苦涩赶走
槐树叶掺面的烙饼
是母亲早年做的
绿色食品
槐树叶离开了枝头
染绿了全家人的脸

槐树花素雅，用力闻
才有淡淡香味儿
因为没有芬芳
登不了殿堂
陪着槐树叶
到了我家
不用沸水洗炼
生着就能咀嚼

让满口苦涩
有点儿微微的甘甜

斑斓的鲜花
喂饱一些人的眼睛
美在眸子里
饥饿的人
用牙用嘴用胃
欣赏槐树花
美在肚皮里

枕　木

我的父亲和他的同伴
是一根根枕木
我要用火车汽笛的嘶鸣
赞美枕木

枕木背起了火车
就像水背起了船
枕木扛着火车
就像桥墩扛着桥面

枕木静静地卧着
从不站起来
直腰露脸
只看见火车
威武隆重辉煌
火车知道
枕木张扬了，它就有
颠覆的危险
就像水能把船掀翻

枕木从不喊疼
对负重和压迫
就知道咬着牙根
忍着熬着承受着
只听见火车

不停地呼喊
响彻山野，直冲云霄

枕木从不计较
默默地不吭气
甘当铺垫
在铁路、铁轨、铁道、铁流……
铁字号的家族中
连个名分都没有

枕木从山林中来
大地，本来就是
它的归宿
枕木在高温的油锅里
反复煎炸、熬炼过
忍受煎熬，就是
它的特长

有一天，父亲
扛了一截儿破败的枕木
回家，与母亲商量
为我成家攒点儿木料
父亲经常检阅打量
摩挲它们
那眼神里，已经

看见了娶进家门的媳妇

那几根破败的枕木
就是多病的父亲
最后几根肋骨

父亲，是火车的枕木
是这个家
艰难日子的枕木
是不争气儿女们的枕木
是我人生路途的枕木

爷爷奶奶的印象

逃荒的长路，和
路上的冷风
拖走了病成枯树的
爷爷和奶奶

没有了爷爷奶奶
伯父叔父姑姑和父亲
成了没有老树呵护的小树
互相依偎扶靠
伯父和姑姑
成了父亲和叔叔的父母

爷爷和奶奶活在
父亲的想念和记忆里
活在我的梦里
我用任性向爷爷奶奶
换回了慈祥和
一串一串故事
用撒娇
换回了爱抚和
一把一把糖果

父亲成了爷爷之后
给我看了爷爷奶奶的照片
一双连理的枯树

让我悟出了,灾荒总是
给穷人准备着
荒是逃不掉的道理

把爷爷父亲和我的照片
摆在一起端详
我明白了
复印机的复制,和
岁月的风霜,把小树
变成枯树的原理

红巴斯绿摩电

红巴斯绿摩电
是姑姑派来的使者
接我们家进城
到姑姑家

我的彩梦的滑梯
架在了云雾里
城市的景象
就是飘忽的彩云
离得很近很近
又抓不到手里

我羡慕
幸福的表弟表姐
红巴斯绿摩电和他们
天天一起游泳
驮着他们去
想去的那里

红巴斯绿摩电
追到了我的梦里
游到了柳条湖来
在小河沟儿里畅游
在青绿的菜畦上飞走
姑姑理解我，终于
把它们派到了我的天地

窝棚里的守夜人

西红柿熟成了太阳
黄瓜弯成了月亮
瓜果香味儿的小钩钩
把我和伙伴们
肚子里的馋虫
一条条钩出来

在月亮的照耀下
我和伙伴们去进攻
那诱人的地方
最大的障碍
是那座窝棚
护秋的碉堡
窝棚里的守夜人
一直瞪着眼睛

秋天很快衰老了
瓜藤果秧披上了
白色的霜衣

我们没有了进攻的目标
那座窝棚还卧着
守夜人守着自己
那是一个人的家
窝棚里传出

沉重的咳嗽声
要震落月亮
震得我和伙伴们
不敢靠前
窝棚里飘出
浓浓的酒气
熏醉了路过的人
熏倒了和守夜人
做伴的老黄狗

冬天,厚沉的雪
压塌了那座窝棚
窝棚变成了
一座坟丘

老孙家的“倒骑驴”

老孙家是拉脚的家族
陪着车轮子转来转去
少年转成小伙
又转满一头白发
汗水和眼泪
是上等的润滑油
风雨把灰土搅拌成
岁月的泥垢

一代人攒一个轮子
老孙家那辆
三个轮子的倒骑驴
转走了三代人的时光
延续了孙家的根脉
车子拉来红脸蛋的媳妇
车子变成摇篮
把孩子摇晃大
车子装满了幸福
爷爷辈刚入行时
没有一个轮子
就靠肩扛背驮
人就是驴
祖辈的肋骨
变成了轮子的辐条
父辈推着两个轮子

上坡下坡
腰弯成了拉满的弓
终于弯成了一个轮子
做了两辈子驴的孙家
把三个轮子的倒骑驴
推进了家门

我的小伙伴是
孙家的孙辈
是那倒骑驴的
第三个轮子
他辍了学,告别了童年
当了第三代小毛驴
他和父亲推着移动的家
拉着祖辈传下来的日子
从夏天走向秋天
拉着秋天到了冬天
又驮着冬天回到春天

穷人的资产是力气
劳累是穷人的货币
倒骑驴拉金山银山
挣的是车脚钱
倒骑驴拉铁块砖瓦
挣的仍是车脚钱

最畅快的时候，是
卸完货，数那几张
薄薄的票子
最悲凉的是
没货拉，空着车子
空着力气，空着
没有着落的心
最享受的是
老孙品着酒
掰着脚指头
硬往小毛驴儿嘴里
灌一口辣水

母亲是堵墙

冬天，母亲是火炉
我躲在被窝里
看母亲用爱生火
烤热棉袄和棉裤

夏天，母亲是清凉的风
那把用了几年的破蒲扇
把小河沟的凉风和
柳树梢上的爽气
扇到我的面庞
赶跑围剿我的蚊子

雨天，母亲是遮雨的伞
雨点滴在浸汗挂土的布衫上
开成一朵朵无色的花
母亲是我的天

打雷打闪，母亲是堵墙
我藏在单薄的臂膀后面
就像战士
依托着坚固的掩体

我病了，母亲的呼唤
是止痛的药
那粗糙手掌的抚摸

就是发烧时的冰块
那贴紧我脸的面颊
就是发冷时的热水袋

母亲有病躺下了
我依靠的那堵墙
就塌倒了

传家宝

比爷爷的父亲还老的
是家里那个生铝铁盆
已传了三代人

盛满老家的河水
浇在关外的黑土地里
盆里都是祖辈父辈
对日子的憧憬

饥一路饿一路讨一路
半盆慈悲怜悯同情
半盆温暖
半盆轻蔑、讨嫌、白眼
半盆冰冷
风一程　雨一程　雪一程
倒了雨水　装满泪水
用霜雪化的清水
把辛酸和苦涩煮熟

奶奶和姑姑，用它
洗衣、洗菜、淘米、煮饭
当盆　当锅　当碗
爷爷领着父亲和叔伯
砌鸡窝　垒猪圈，用它
和泥运土装土坯

受挤受压受碾
盆里装着
全家人的生计和财产

岁月把它涂得
乌黑、沧桑老旧
看不出最初的容貌
就像老人的脸
无法返回童颜
艰难把它挤压得变了形
圆的成了椭圆，还有
一条条划伤的印痕
就像老人的皱纹
一道深一道浅

在岁月和艰难的夹击下
一支支丽质形美的
新铝盆新搪瓷盆，被
压扁摔烂淘汰
它，就不裂就不破就不烂
就像全家人的
命运
就像祖辈和父辈们的
筋骨

别断了，石棉线

母亲架起纺车
把劣质的石棉
纺成粗纱线
补贴破漏的家计

母亲的手捻续着
易断的纱线，和
艰难的日子
全家人的心神
跟着纺锤一起转
日子虽难，千万别断线

纱线把晚霞和朝霞
连成一片丝巾
把漆黑和明亮
织成一块挂毯

纺车的嗡鸣
家里的音乐
催着我合眼入梦
把弟弟妹妹
摇睡摇醒
母亲和全家共同的心曲
别断了，石棉线
别断了，日子

灶王爷的回报

灶王爷贴在墙上
和我们家一块过年
母亲总是
先把第一碗肉菜
恭敬地端给灶王爷
上边插三根慢悠悠
燃烧的香

母亲总忘了放筷子
我和弟弟妹妹既眼馋
又替灶王爷犯愁
他用什么办法
把肉菜吃到嘴里

母亲说，我们
自己吃了肉菜
就没了
灶王爷吃了
会给我们回报很多

第二天我们又吃了肉菜
母亲说这是灶王爷
送回来的
真没想到
灶王爷回报得这么快

酒·汗·水·泪

大雨的父亲是一部
制造汗水的机器
拉脚的负重
逼出了藏在弯曲腰脊里的
一滴滴汗珠
汗水润活了春天里
脚掌踩过的草芽
汗水凝结成了
冬天里的冰粒
让车轮碾成碎末

酒是那部机器的燃料
大雨的父亲嗜酒如命
大雨的母亲是苦命的母亲
去小铺买酒,先在酒瓶里
灌些清水
一路走一路涮
把大雨从小孩子
涮成了大人

有一天,大雨
在母亲不在家时
没有灌水涮酒瓶子
就买回了酒
大雨父亲品出了

酒的浓烈和以前的淡味
把酒瓶摔得粉碎
酒委屈地淌满一地
告诉了大雨母亲
涮酒瓶的秘密

大雨母亲是一部
生产眼泪的机器
原料就是大雨父亲的脾气
和生活的艰辛
大雨母亲红红的眼睛
就是滴血的伤口

大雨父亲用汗水换来的钱
只够他自己喝酒
那些涮酒瓶子的清水
就是大雨母亲和孩子的活路
全家人的生计

大雨父亲说
酒本来是水做的
他已经喝惯了
那淡味儿的酒
只是大雨不懂事
戳破了十几年的秘密

都是生活这部机器
酿造出浓烈的酒
调制出辛酸的泪
凝结出咸咸的汗
那原料都是
一碗清水

道岔·道口·道工

向左，火车继续
奔向前程
向右，火车脱轨
冲向毁灭
道工手下千钧重

听说，一列火车
在月光里颠覆了
那晚，道工喝了不少酒

离家不远的列车编组站
是泊满车厢的海
驼峰把巨龙裂解
又组成新的蛟龙

道工挥舞着信号旗
游弋在海里
一只铁鞋，就是
一节或一列车的生死牌

铁路和马路的交叉
产生了道口
铁流和人流的矛盾
道口小房子里的道工
去平衡解决

道工检阅着列车
挺胸、注目、立正
是个将军
道工检修钢轨车体
铁锤当了听诊器
是个医生
给前程和毁灭
给天堂和地狱
发放签证的权力
压弯了道工的腰
压驮了道工的背
再也直不起来的时候
他们的儿子
就来接着当道工

道工是一块
路基上的石子
我的父辈

嘣苞米花的黑锅

像过节一样热闹
一小袋一小袋一大碗一大碗的
苞米排成长队,等待着
挨近那口神奇的黑锅

黑锅架在炉子上
旋转着燎烤
把我们的眼神
拧成了麻花
我们的心已变成了蚂蚁
爬到锅上

锅里锅外
憋忍不住时
嘭的一声闷响
爆飞出了千千万万只
白蝴蝶,软软的香香的

神奇的黑铁锅
把紧巴巴的日子
嘣轻松了
把豆粒儿般小的希望
嘣得好大
把苦涩的年月
嘣得甜丝丝的

在嘴里嚼出爽脆的味

神奇的黑锅
我们眼中的潘多拉神盒

锔碗的老人

一个老锔匠,黑红脸膛
头顶发荒,四周发旺
挑着担子,扯起
亮亮的公鸭嗓
锔盆锔锅锔碗锔缸
那枯干崎岖颠簸的日月
盆少易裂
锅缺易破
碗少易碎
缸缺易漏
家家户户时常盼着
锔匠的吆喝
给残破的家什儿做手术
老锔匠的手术引来
街坊们的赞佩
似乎什么破了
都能再完整

老锔匠摇摇头
两口子摔碎了连理婚镜
伤心岁月里撕裂的心
他锔不上

我和玩伴们担心
有一天月亮裂了缝

谁给锔上
老锔匠额头上的皱纹裂得那么深
谁给锔上

童年的菜谱

从田埂挖来
从路旁掐来
从野地采来
因为野生,才进了我的筐子
虽然野生
但没有灰头土脸
婆婆丁、曲麻菜
鸡爪子灰菜、扫帚菜
苋菜、蚂蚁菜、甜根儿
小根蒜
我童年的菜谱

发现一窝婆婆丁
一丛鸡爪子灰菜
一片曲麻菜
就像哥伦布
发现了新大陆
我喊冤叫屈的饥肠
停止了嘀咕

母亲的微笑去掉了苦涩
沸腾的热水
煮跑了土腥气
炸出了甜味
大酱和蒜泥

这中国的色拉
把清苦的日子
拌得咸唧唧辣丝丝
香喷喷，醉人诱人

母亲有时很奢侈
用少许油盐一炒
就是上等的大菜

风　筝

春天里，我有
想飞的心情
用母亲做鞋帮的糨糊
和前年的作业本
制造了一个风筝

风筝跟着我跑
越飞越高
我却飞不起来
只好把心情
把畅想托给风筝
送到高空

风筝在高空离天更近
风筝看到的世界
我看不见
可惜，风筝
传不回话儿来
只得意地看着我
越来越渺小
我羡慕，我制造的风筝

风筝不是鸟，没有线
就飞不起来，有了线
就飞不了太高

我手中的这根线
成了一个限

风筝越飞越高
用力扯断了线
风筝想作一只鸟
难舍天空
怕我收它回来

断线的风筝自由了
飘起来，却向地下堕落
风筝不是鸟，能飞
但没有翅膀

我挨了母亲的斥责
为了风筝
我用了母亲针线活的线

煎饼铺的小桂芝

两条粗糙的黑辫子
沾着故乡的草屑
满身带着未抖净的尘土
小桂芝从老家跑来
一头扎进
烟熏火燎的煎饼铺
一丛刚长花骨朵的苦菜
塞到不见阳光的墙角

小桂芝的姨夫
是煎饼铺的店主
一条腿有残缺
总把直路走成歪路
小桂芝才九岁
就被当成干活的顶梁柱

小桂芝的睡梦
没有了翅膀
春风怎么嬉戏
夏阳如何热闹
秋叶怎么落到头上
雪花如何吻脸
都和她无关
上下门板,去迎送日月
和面拉磨,一圈圈没完

烧炉子摊煎饼
用汗水洗脸
我和玩伴们的游戏
她只能匆匆地瞟一眼
两块滋喇喇的煎饼烙子
烤焦了她的童年

杏·杏核·杏仁

在杏、杏核、杏仁的
三部曲里
我和伙伴儿们
学着大人们那样
选听一部或两部

刚顶掉残花的雏杏
毛茸茸的，除了青嫩
还是青嫩
嫩的气息以外
没有杏的味儿
嫩得叫人心疼

杏香飘溢时
赶紧去摘下来
迟一下，杏烂了
就会变得丑陋
杏味最浓时
马上就没了杏

杏核是我和玩伴们的
货币，量的多少
就是实力和地位等级
用杏核能换来
在梦里才有的东西

磨透两翼
还能做杏笛
发联络暗号
吹出小鸟
奏不出的乐曲

杏仁是我们对杏的
最后享受
杏核鼓溜张扬的
杏仁苦涩
杏核扁平低调的
杏仁香甜

雏杏,最受杏树主人的呵护
那是他们的子女
摘杏时,杏树主人最高兴
那是他们的女儿出嫁了
他们从不折磨杏核
更不享受杏仁,因为
一粒杏核
就是一棵杏树

高高的老榆树死了

高高的老榆树
是我属猴的证明
树尖上的榆树钱
淡白的,清甜的
有些黏性
我拿出猴子的本领,蹿上去
它们当了我
充饥的干粮
拿些回家,让母亲撒点儿豆面
做成美餐

高高的老榆树
浑身都能吃
陪着家家户户共度
灾荒的年景
它的子孙和叶子
盛进人们的饭碗
那苍老的树皮
说明了它的劳累

高高的老榆树
最后献出了苍老的性命
人们不得已,连它的树皮
也扒下来,吃了
老榆树捧出
遮体衣衫,死了

小人书

把小人书当成葱花油饼
吞到肚里
我急急地打开我的脑盖
把小人儿书装进去
夜晚,我咂着嘴
做着香香的梦

在梦里,我和张飞对擂
被关羽解救
海底下找到了表舅
他说那里有煤
飞机帮我
把树皮运回家
母亲赶着青蛙拉的车来接
一跳一跳地颠簸
曹操杀了秦桧
岳飞帮刘备
把荆州拿下
刘禅不用诸葛亮
反起用了正钓鱼的
姜太公

我梦想
有个租小人书的舅舅

詩　水　流　年

肆 / Part Ⅳ

为秋送行

罢园时节，我和母亲
还有无数饥饿的眼睛
为秋来送行
筐里装着企盼
领取秋
最后一点馈赠
秋风收获
金的秋　沉甸甸的秋
完整的秋
装着企盼的筐子
收获残叶弃果的秋
收获微薄的秋　轻贱的秋
遗剩的秋

为秋送行时
为田园打扫了
最后一次卫生
让秋干干净净
走进隆冬
让几小块残缺的地瓜
一小捧干瘪的豆粒
一捆枯瘦的高粱秆儿玉米秸
和一筐白菜帮
陪我们去迎接寒冷

都市的镜框

暗淡低矮灰头土面，给
流光溢彩隆重辉煌镶边
父亲和母亲
把我这粒种子
播到了都市的边缘
我和那里的人们
组成了边缘部落
是都市的镜框

把云彩、雾气和水土里的绿色
提取出来，做成叶片
调剂城市的胃口
把田野的风
用水洗几次，洗成清凉
给燥热的城市败火
把早晨的露珠
小心翼翼地捧过去
给喧嚣了一夜的城市润喉

等都市打着哈欠睡醒
赶紧去把排泄和淘汰
运出来，当成宝贝

那垃圾山长得太快
已离我们的家不远

它给我们一些活路
也怕让它淹没
把边框撑破
镜框就毁坏了形状

母亲的缝连

小时候，衣服
破了要马上补好，再穿
白天，拣煤核扒树皮
衣上挂的花，和
淘气留给衣裤的纪念
都变成了
母亲夜半的缝连

黑线穿梭白线
灯花邀来月光
母亲把破洞
缝连成图案
把穷酸绣出美感

那图案，是衣裤的
年轮和资格
是母亲心的印痕
是日夜的纹路
是穷人家孩子身上的
一道风景线

日子要靠母亲缝连
穷人的家计，缺甜少咸
多缺少圆，永远不全
灾难急险，风去雨来

接连不断
母亲用手上的老茧
用血和汗去缝连

家里的空气
也要靠母亲缝连
父亲脸上挂着阴沉
母亲把慈爱和欢乐
揣在怀里
母亲的身影和眼神
是家庭和谐的针和线

离愁更靠母亲缝连
那一根一根心思的长线
我在这端　母亲在那端
我就像风筝
飞得再高再远
母亲都牵着
心上的那根线

灯捻

小时候，灯捻
是光明的源泉
挑灯捻是
父亲和母亲，姥爷和姥姥
独揽的大权

父亲把信号灯的灯捻
挑得越大
光就照得越远
火车的眼睛
就看得越远
母亲和姥姥家一样
把煤油灯的灯捻
挑得豆粒儿一般大
灯捻上烧着
家里的开支
灯捻上燃着奢俭

我偷偷挑了一下灯捻
挑出了父亲鬓角霜雪的浓度
疲背乏腰的弯度
母亲纺线的长度
纳鞋底儿的厚度
挑出了姥姥讲的故事
二舅读书的眼神

挑出了父亲
关于灯捻的哲言
灯捻是灯的总开关
灯捻也叫信捻
只要还有一滴油
灯捻就能点燃
燃尽最后一滴油
灯捻就会自燃

灰麻雀

羽毛美丽歌喉婉啼的鸟
秋风一凉，也不告别
带着我和伙伴们的追慕
飞到南方去找暖和
躲开了冬日里
灰色的世界

灰麻雀陪着冬眠
在寒风中　雪地里
艰难地飞着
唧喳地闹着
显示着飞翔的活力
冷僵时的遐想
诉说着冬天不死的故事

秋天，灰麻雀
因啄过高粱
就被唤成“家贼”
忘了它对故乡的不离不舍
对冬天的不嫌不弃

夏天，候鸟
用漂亮和悦耳
召唤人们奉上
鸡蛋黄拌小米

忘了它对故人的离弃
和追逐温柔乡
见香暖思迁变的秉性

最该鸣不平的
是麻雀的那身灰衫
没有灰的地
没有灰的天
没有灰的风和
灰的心情熏染
灰麻雀也会有
斑斓的羽衣

我掏了一个麻雀窝
把刚孵出的小麻雀
捧回家
躲开灰天灰地的熏染
用我舍不得吃的鸡蛋黄
喂养它们
盼望能长出彩色的翅膀

地河和天河

压水井，把
一条长长的铁管
插进地球肚子的纵深
我用吃奶的力气
像针头抽血
把地河的水和疼痛
挤压到桶里

据说，地河在
地球的那一边
水都抽上来
那边的人将没水用

地球悄悄转了一圈
把我摇醒了
那边的压水井
也会把长铁管插过来
小河沟就是
那边的地河

抽地河的水
两边都太累
一桶水就要一水桶的力气

我盼望，哪一天

打开天河的水坝
把水直接流进
家里的黑水缸

炉灰山

我出生在平原
炉灰山，是第一座
我攀登的山
炉灰山，让我早早地
熟悉了《西游记》里的
火焰山
炉灰山昨天还在
炉膛里燃烧
比火焰山冷却的时间
还短八千年

炉灰山，帮我理解《水浒》
“逼上梁山”的内涵
没有生活的逼迫
我不愿去攀登炉灰山

高高的炉灰山
我最早的探秘探险
藏在山腹部里的煤核
是我发掘的宝藏
手眼并用
灰渣中挑出收获
就像在矿砂中筛选出金子

炉灰山，除了灰色

也是欢乐的山
屁股底下松软的灰粉
托着我从山顶到底端
那是我童年的滑梯

我和伙伴们定下
攀山的最高规则
看谁,先把煤筐拣满

彩色的游戏

家里墙上,碾死臭虫的血迹
拖着长尾巴
总是由红变黑
是我熟悉的色谱

直到琉璃球弹进
我的眼界
色彩世界才向我
开了一道门缝
领我挤进彩色的梦幻

黄色的月牙
掉进琉璃球芯
春天野地的花瓣
在玻璃球里
慢慢长开
羽毛毽子是眼神的翅膀
我用脚放飞
一个又一个彩色的希望

二十四方纸壳牌
把虎豹蛇象
圈进我的书包
里边成了
没有森林草丛的动物园

夜半睡梦中，响起
狮吼虎啸狼嗥
我的动物园里卷荡起
厮杀的风暴
吓得我早早爬起
小心翼翼地察看
哪个伤痕累累
哪个已被吃掉

仓库大叔

仓库大叔是仓库保管员
住在仓库里

仓库大叔两手攥着清风
踩着乡亲们
闯关东的脚印
一个人飘到柳条湖
伺候了一畦畦青瓜绿豆
抚育了一茬茬高粱麦子
自己还是用清汤寡水
熬着日子

黑棉袄缝里
夹来了老家的树种
发了芽成了苗
长得碗口粗
黑棉袄还披在身上
脸皮糙成了树皮
头发疏得
像深秋的树

仓库旁的牲口棚里
马生了驹　牛生了犊
驹又生了驹　犊又生了犊
仓库大叔还是一个人

拉着生活的破车
没说上个媳妇

在仓库的角落里
搭了一个炕铺
拥挤的物件
陪着他挨寂寞
院子里堆着的柴禾
烧不暖他的心窝

仓库大叔把烤熟的豆饼
塞给我,塞给我一脸沧桑
一脸慈祥
那豆饼,又硬又香
硬得硌牙,香得透腔

我的小屋

学燕子在梁上垒窝
父亲帮我
在阳台上盖了一间
小屋,专门让我
装思想,开一个
制作精神面包的
小作坊

我的小屋简陋
诗光文辉涂抹四壁
尽管装满寒气
思考的翅膀
能自由翱翔
寂寞还没有立足
就被希望和充实赶走

我的小屋塞满宝贵的光阴
用起来挥挥洒洒
大大方方
夜色和着晨曦
黄昏和着朝阳
一首诗,春开头秋结尾
一个篇章,冬天里凝固
夏天里扩张

我的小屋狭窄逼仄
却能盛下世界和宇宙
雄鹰起飞
刮不着翅膀
故乡的山水
只够铺在一页薄纸上

我的小屋里冰冷
棚壁薄弱，经常让
雪花、雨点、霜粉挤进来
用树上掉下来的夏枝和秋叶
烧不暖
惟有赤诚和激情
把寒冷烤热
烧红我的脸颊

我的小屋就是燕窠
雏燕还在蛋里孵着

鳞　湖

鳞湖，一个小湖
是一条小小的鲫鱼苗
是大鱼身上的一片鳞
是一个梦的港湾
我彩色的理想纸船
泊在湖面上
船一动，犁乱了
绿色的波纹

湖水湖泥的腥味
喂肥了蚌，喂高了
岸边的绿柳白杨
我偷偷在岸边
种下的那粒小小的
文思诗意的种子
也跟着萌动
我想乘着一片荷叶
把赞美鳞湖的作文
送给朱自清
去批改

我那时想象不出
西湖、洞庭湖有多大
只知道，它们是一条大鱼
鳞湖是一小片儿鳞

月光悄悄伸出手
拽起湖面的水雾
袅袅升腾,雾中
白居易和苏东坡
把西湖水研成的墨汁
点到我的作文本上
范仲淹立在岳阳楼顶
捋着胡须,长吁短叹
把满腹豪气
吹到洞庭湖上

鳞湖,大鱼身上的
一小块儿鳞片
我从这片鳞
知道了鱼的故事

战地黄花

一丛反时令的
小黄花
在飘着硝烟味道的
校园一角
艳艳地开放
喷着股股清香
把那角落
变成了春管辖的园圃
夏撑着的一片天
秋做主的一块地盘

清香浸润了
干燥的鼻孔
使劲抽抽鼻翼
多闻一些醉人的味儿
花瓣拴住了
饥渴的眼神
闪亮的眸子
摄析着一片一片
花瓣的内容

花朵十分幼嫩
辉映着校园里
一张张憨稚的脸
花朵上的露珠

十分纯甜
没有杂质和污染
洗着本来就纯净的心灵
我和几位同学
当过《战地黄花》的园丁
因为长在心田
成明日黄花
也永远新鲜

杨树林

一片刚刚懂事的小杨树
恭恭敬敬地列队
在我新家的门前
我们互相陪着
一起成长

夜里送来氧气
我的梦做得更甜更长
白天送来绿茵
把生活的底色涂得清亮
枝叶切碎月亮的投影
成了作文本的格子
细细品读,每片叶子
就是一篇美文
杨树慢慢长高了
让我倚着靠着
帮我放飞理想的小鸟
每次离家回来
争着向我诉说
离别的烦恼
离别后的长势

秋风里,壮挺的躯干
一身威武　满脸雄气
精神抖擞

是附近军营里的士兵
冬雪天,清洁白皙的身影
亭亭玉立 楚楚动人
是班里的女生

落叶飞进我的小屋
在炉膛里变红燃烧
奉献轻柔的温暖
把爬格爬得冷僵的手
焐热

在那片杨树的林间
孕育了青春的萌动
在杨树的根部
埋下了理想的良种

王老师

田野的春风,和
田垄上妻子的眼神
送脚上沾着泥巴草屑的
王老师,走进象牙塔
跃了龙门
开始了教室讲台上和
田地里的双重耕耘

高等学府的殿堂
离田野太远太高
妻子和孩子的眼神
硬把他拽回
探望妻儿路过的街镇
握着大学的教鞭
委屈地当了我的班主任
命运只让王老师
实现半步跃进

像在七月茂密的玉米地
硬栽上挪来的秧苗
在密匝匝居民区的间隙
王老师和我
用郊野的杂草黄泥
用镇里拣来的弃砖残瓦
筑起半城半乡的巢

把妻儿变成了城里人
从此专心于
黑板上的耕种

每天王老师走进教室
我和同学就成了
他哺育的庄稼
把教室的门窗
大敞大开
招进田野清新的风尘
像伺候秧苗那样
倾注他的心血
像抚摸高粱的叶片
精心批改琢磨
作文的每个字句

每天夜晚,像备耕一样
备课爬格子

老葛头

老葛头并不老
是生活的风沙
吹皱了他的脸
皱成了密集涟漪
凝固的湖面

老葛头的确不老
是生活的泰山
把他的腰背压成弓形
搭在弓上的箭是力气
箭靶是忙不完的生计

老葛头有四个儿子
是四只老虎
啃噬着他的皮肉
是四把铁锤
敲打着他的骨头
是四根儿吸管
插进他的骨髓腔里，猛抽

老葛头过早地老了
对啃敲抽的疼痛
早已麻木不觉
那张表情单调的面孔
告诉你

从天经地义
无怨无悔
无可奈何中
任选其一

老葛头不能不老
四个不争气的儿子
用他的汗和泥
用血钩缝
用他的骨头做屋梁和门楣
筑起自己的巢
孵养出新一茬儿小老虎

会 餐

冰冻封住了生长的时节
青黄不接
几个做文学梦的同学
在心田萌出一片绿芽
课余和晚上
炒一小碟青绿
有滋有味地会餐

商店为了迎候春夏
邀我们去
在展板上种蔬菜
青的黄瓜
红的辣椒
黄的倭瓜
紫的茄子
绿的豆角
我们用油彩
让饥渴的眼睛会餐

一次次精神会餐
激起了肚子里馋虫的愤怨
激出了一顿物质的会餐
你一棵白菜
他几根大葱
胡君两个鸡蛋

冯君最小
也拿出几头大蒜
我贡献一条鱼干
一浸泡,竟也是
很美的海鲜
同学的母亲,骂了我们一声
这一群小坏蛋
就做出了一顿丰盛的大餐
王君偷来了
爸爸的浑河大曲
那一瓶酒
牵出了很多企盼
喷出了很多很多
气壮山河的豪言

我的小城

都市生了一个儿子
托给乡下的亲戚养大
长成了一个
土里土气的街镇
都市身边的小城
一条脐带连着母子
小城还在成长
我家搬进了小城里
终于成了城里人

全国的火车
都跑到小城来编整
把天下的图画
让我饱览剪辑
南北大动脉
从城中穿行
挟来东西南北的风
吹拂我,让我品嗅

在小城里
我能看到天下的景
在小城的街上
我能品到八方的味

我的小城
我生命的缘分

冬日里，奔向北大荒

姥姥的女儿
我的大姨娘
顶着冰霜
到冰霜更厚的地方
找绿色
披着寒夜
到寒夜更漫长的地方
找烛光
冰霜寒夜里
大姨最盼的是娘

冬日里，我陪着姥姥
寒冷陪着姥姥和我
乘火车
奔向北大荒

长长的车厢蠕动着
给灰白色的林海雪原
划开一条绿缝
绿色是姥姥
捎给女儿的礼物

浓重的寒夜
压得火车喘着粗气
浓烈的烟尘

是火车吐向冷空的憋闷
母亲盼儿急切的心
成了投进火车炉膛里
熊熊燃烧
推动火车越跑越快的
燃料

父亲的仓房

安顿拣回的遗弃
呵护全家生活的热量
存放生计的希望和构想
挤满了
父亲的仓房

归父亲统帅检阅的
兵将阵容
越来越大
父亲只有在仓房
才有满足和安详
连皱纹都浅了许多
疲惫的眼睛
才开出微笑的花
射出少见的光芒

每天都有进出
有消有长
父亲敞开胸怀搂进来
像弯齿的耙子
对出去的一分一毫
惜如金银
左掂右量
恨不得
无消光长

破东烂西是穷人的家计
在仓房里徜徉，是
父亲最开心的时光
不停地调整挪腾
没完没了地摆弄摩挲
统帅兼着爹娘

仓房里，父亲实现了这辈子
当调度的理想
以他的权威和能量
理顺了杂乱无章
码齐了东短西长
一切规整得妥妥当当

仓房是父亲的世界
装着我们全部家当
父亲多病的身躯
就是全家的仓房
从仓房进出的
是父亲的血汗
是生活的沧桑

烧砖的人

母亲进砖厂
当了工人
成了一块砖
天天进行着
血与火的旅行

土地浇上汗水
变成一垛一垛坯
悲壮地走进烈焰
让火煅进身躯

母亲黑了
烟尘印满了脸颊
母亲瘦了
水分和膏脂和进土坯
被火烤干
母亲的手指砸破了
血把青砖染成了红砖

我去接疲惫的母亲回家
一垛垛红砖
正赶往建设工地
母亲是土地
大厦的地基
母亲如今又是砖
一层层垒砌高耸的大厦

詩　水　流　年

伍 / Part V

秋天的毕业歌

收获的季节
我去耕种

卡车的辙印
把毕业歌的五线谱
从学校连到山村
母亲担忧的眼神
追送一程又一程
把我交给憨实的村民
秋天的毕业歌
母亲忧郁低沉的心音

小心,别让一道道山梁
绊跌了跤
山沟里的高粱玉米
长得那么瘦弱
千万别吃不饱
溪流缓缓地
在石缝里挤出来
还没有奶水旺
一定要继续长高

我把口琴拿出来
用幼稚纯真激情
抚慰母亲的心

我会枕着山梁
做出青翠的梦
用锄杆镢头镰刀
翻动人生的新书页
再贫瘠的土地
也能耕耘
再粗糙的纸上
也能写出优美诗行

青纱帐

青纱帐，大地的孕衣
春天里，天地交合了几回
胚胎就开始孕育
产床就长出了青绿
等秋饱满。胀破
发黄变脆的孕衣
果实就生出来

青纱帐，我乳母的盛装
贫瘠枯瘦的山村
没有几只眼睛瞧得上
春之后，她
先披绿纱　再换夏裙
又着上厚实的彩条秋衫
丰腴圆润的妙韵
换掉了瘦弱不雅的尴尬
秋也顶不住诱惑
快步赶来拥抱

青纱帐，绿色的海洋
我乏累的小船
在浪尖浪谷抛来荡去
盼望快靠岸边
找到码头上系绳缆的桩

青纱帐，我们的粮仓
青绿连着金黄
没有青纱帐
就没有救命的粮

青纱帐蕴藏着理想
给山风伴奏的沙沙声响
是我们的畅谈和叙述

我在山梁上看
青纱帐是飘舞着的五线谱
鸟在天空中望
青纱帐是颜色分明的琴键

汪大爷和土地

汪大爷最大的富有
是贫穷
最老的资格
是和土地的关系
凭着这两样东西
接受了山村的托付
照管我们这些
山外挪来的苗
送来了关于
土地的教科书

他从土地里长出来
浑身无时不沾满了土
淋一场雨
叫太阳一晒
庄稼苗野菜芽
就长了一身

他脸的底色
是土地的颜色
任四季青绿黄白交替
草荣树衰变换
他从未和土地翻过脸

他脸上的皱纹

是铧子犁开的垄沟
垄台上铲种耥割
垄沟里风霜雨雪
轮回着丰收或灾荒的故事

他每回看我们的样子
是土地凝望秧苗的眼神
他说,他是一棵树
根扎在土里
身子和叶子
最终都要回到土地
离开土地就没了命

他说,你们是知识青年
属鸟的,有一天要飞走
山村,只是暂栖地

我们从土地的教科书里
找到了答案
鸟没了土地
无处去觅食
鸟离开了
土地长出来的树
无处去栖息
土地是鸟的命根

冬 宴

山村的冬天里
到处都喊饥饿
路边的野草饿得枯瘦
瑟瑟地发抖
水库的冰饿得咧开了嘴
横七竖八地张着
北风饿得不停地叫
时而嘤嘤地哼哼
里面嗷嗷地嚎
只有碾盘山没有表情
也饿瘦了几圈

冬天里更没有东西填肚子
饿急了,只有把雪片
清炒
把冷风抽成丝
干炸
充饥

在那个雪夜
作为山村首脑集团的成员
我揣着又空又冷的肚子
去参加盼了一年的
冬宴

数天以前，我已开始
多次在梦中
演练会餐的细节
是两口一个馒头
还是斯文一点
一口一口地吃完
米饭是先盛半碗
再来一尖儿碗
还是高雅些
一碗一碗地攻陷
方子肉不要整块嚼
以防油流满面
我想象着
伙伴们听我夸耀吹牛时
咂嘴羡慕的神情

那一晚，有人吃坏了肚子
把几天前的苞米碴子
和萝卜咸菜拉完
那一晚，有人喝翻了天
紧急拉到公社医院抢救

那个雪夜之后
我天天盼望
来年的冬宴

我的村落

吊在榆树上的
那截铁轨
唤着娃娃们
进课堂上课
汪大爷挎着粪箕
从村口走过

炊烟引出了涎水
狗叫成了音乐
鸡鸣催着下地
从草尖儿上跳起
从树叶上跌落的
碎银般的露珠
把我灌醉
我成了村落的一员

我的村落
春风中慢慢睁开睡眼
悄悄换上好看的衣衫
点缀在山坡道旁的野花
显出俊俏韵美
清白的杨树干
飘柔的柳丝
衬出端庄灵秀

夏天里十分张扬红火

直把我的脸
烤得红黑红黑

秋天美得诱人
金黄的流彩
让花瓣谷穗熏过的
浓香得呛鼻子的风
鼓胀丰腴散发的气息
逼得忙收获的庄稼汉子
恨不得啃上几口
不忍看冬天里的
枯槁瘦弱
旧布衫罩不住
露出的肋骨

最难受和愧疚
乡亲们四季伴着野菜
咽着玉米饼子
劳累疲惫的牛马
吃不上几顿
拌豆饼的草料

我心痛的是
连村落也跟着说
我是飞鸽
村落只是暂栖的窝

碾子沟和碾盘山

碾盘山扣在碾子沟头上
是一位巍峨地端坐着的
沧桑老人
零零稀稀的植被
掩盖不住嶙峋的山体
是老人淡疏的毛发

石缝艰难地渗出泉滴
落进碾子沟
勉强凑成一条小溪
像枯乏的奶水
只够润润待哺婴儿的喉

碾盘山默默地
挤压碾子沟
是碾碌碾压碾盘的
那股劲头儿
就像两块石磨盘
死去活来地咬合在一起
缓缓渗流的溪水
是石磨磨出的汁液
可怜的汁液喂养着
一年年扩大的村落

山村的日子

就是碾盘山和碾子沟
碾出来的
碾出了甜日子
碾出了苦年月
把时光越碾越长

我也让碾盘山和碾子沟
和着雨水雪水溪水
碾压打磨揉搓
把细皮嫩肉软骨脆筋
碾出老茧
碾得邦邦硬
碾出一个
活脱脱的山里人

布谷鸟

布谷鸟的翅膀
扇着春风
从山梁那边飞过来
忙不迭地提醒山里人
布谷　布谷

春风把山里人和
骡马耕牛
都吹到了田野里
他们和它们
一起拉着农时的轮子
随着日月旋转
松散了一冬的筋骨
让布谷鸟叫得绷紧
布谷鸟为他们和它们
喊起了劳动号子
呜呼　呜呼

铧犁破开
睡了一冬的垅
铺垫一层底肥
为萌芽成长
点燃动力
刚把企盼的种子
点播到埯儿里

布谷鸟生怕山里人喘口气
马上催着
盖土　盖土

绿跟着春风来了
种子一天天长芽破土
越来越繁重的耕作
把疲累的厚衣
披到山里人的腰肩背上
日子的苦水,把疲累的厚衣
淋得更沉更重
布谷鸟在远处安慰着
不苦　不苦

我在春天里
学会了抽旱烟
歇气时,学着山里人
用喷香的烟雾
洗涤浑身的疲惫
用油乎乎的黑色尼古丁
舒润累筋乏骨
布谷鸟理解我
躲在树林里叫着
舒服　舒服

歇气儿

歇气的工夫很短
那是最享受的时光
草地是褥子
垅台就是炕
枕着锄头把
梦乡里涎水淌得老长

青杏还未出嫁
松开遮脸的纱巾
擀落衣裳上的尘土
既怕晒旧弄脏
又怕新衣裳没人欣赏
更怕桂香嫂的玩笑
让羞红的脸庞
没处躲藏

桂香嫂盛产欢乐
能使苦菜煮成甜根儿
让枯涩变得滑润
把寡淡酿得有滋味
歇气儿这一会儿
她让你笑得弯腰叠背
把肠子笑出来
在田野中晾晒晾晒
笑得在地上打滚

压平几道垄沟
笑饱了存在肚子里
在辛苦劳累中倒嚼
就像就着有滋味的咸菜
咽下难咽的粗糙的
玉米面窝头

烟是庄稼汉的第二粮食，
歇气时抽烟
等于给拖拉机加油
烟雾穿肠而过
从嘴里喷出
把疲乏卷走
田野的风又把烟雾和
从屁股上拍落的飞尘
弥漫了一道山沟

我只经过三次歇气
就学会了卷旱烟抽的本事

过日子

庄稼人的日子
是山村
暮时的炊烟
掌灯时，一家人的晚饭
是热炕上的香觉
田地里如溪流的臭汗
是生病有灾时的熬煎
喝酒时的畅酣
是把粮囤
装满时的喜悦
把柴草扛回家
码高柴禾垛
是饭后一袋烟的神仙感
听着猪嚎狗吠鸡叫唤
是两口子炕头打骂炕梢和
门外吵翻门里乐
是月亮微笑星星眨眼
一天又一天一年又一年
是珍珠一串蚕豆一串
黄连一串葡萄干一串
只要青山不老
穿日子的线就不会断

庄稼人过日子
是挨日子　熬日子

耗日子　度日子
是把日头　月亮　星星　白天　夜晚
放进苦水锅里煮
放进蜂蜜罐里腌
放进咸菜缸里泡
放进葱花油盐锅里
烧烤烹煎

抢秋膘

春是青绿的
绿衫罩着清瘦和骨头
夏是火红的
庄稼光顾着分蘖和长叶
入秋以后
大地就开始了回报
春天流的血
染红了高粱穗
夏天淌的汗
灌饱了浆
庄稼人和他们的伙计们
一起抢秋膘

喂牲口老汉
堆在脸上的笑容
满得快掉下来
羊肥了　牛壮了　马长出了厚膘
一春一夏对伙计们愧疚
秋给结了账
它们撒欢地
忙着秋的活计
秋有它们的一份儿

庄稼汉用粗黑的手
薅一把把多彩的秋

塞进嘴里
熟香瓜的香甜
烤地瓜的焦甜
烧玉米的醇甜
苹果梨的脆甜
新花生的腥甜
从嘴角流出
从眼里溢出
从脸上淌下来

秋的琼浆
秋的脂肪
秋的蛋白
秋的甘露
秋的芬芳
让庄稼汉流干了血汗的肌肤
抽干了脂肪的干瘪胸膛
滋润起来　膨胀起来
鼓起来　隆起来

前陡村，我的乳母

村前的那条小溪
从碾子沟沟底
缓缓地爬过来
哺育了最初的人家
和现在的村落

小溪只在洪水季节
欢唱奔腾两天
低调无言　从不张扬
是她的性格

奶水本来少得可怜
又添了我们
一二百张嘴，嗷嗷待哺
前陡村，我的乳母
她从不会拒绝
奶水里有钙有铁有石末
有使人刚强的元素
那是大山深处的内涵
奶水里含甜含苦含辣含酸含涩
含有人品不尽的五味
那是雨雪对草木的洗炼
奶水里还有丝丝殷红
那是我的乳母血管里的血
那是我的乳母对儿女们的

一片赤诚
那是生命的泉

前陡村,我的乳母
你的性格陶冶了我
我成了一粒沙石
沉默得有些木讷
前陡村,我的乳母
你的乳汁已融进我的血液
我用它滋养身体
强壮骨骼
用它提高免疫
抵御感染
还用它入药
防病治病

杨　柳

杨柳很普通
就像到处都有男人和女人
杨树是东北的汉子
柳树是东北的女人
杨和柳已变成一个词儿
已结成一家亲
杨柳是一对情侣
是丈夫和妻子　父亲和母亲
是他们和她们
杨和柳搭配
就是东北的村庄
就是一幅风情画

杨树刚直精壮
方队般的杨树林
是出征待发的士兵
前边那棵白杨
是上尉营长

河湖岸边的柳树
树干挺韵　枝条飘逸
水有多柔　柳有多柔
不是小家碧玉的柔
是大气的大家闺秀

杨树春夏秋一直青白
树干挺爽　枝叶飒爽
入冬后皮粗容苍
但却增添了
十分松树精神

柳树最早让春使抚摸
最先长出茸茸的新绿
柳枝拧几下就是哨子
我儿时的乐器
伙伴儿们的号角

杨柳清素美雅
但易活好养不娇贵
杨树苗挪来挪去
落地就生根
折条柳枝插到土炕上
屋里就生出一派柳荫

雪天，积雪压着的
残杨败柳枝叶
是我拾的柴禾
是温暖我的燃料

怀念二平

大平娶了媳妇有了家
二平只有月影陪着单过
兄弟俩房子紧挨着
泥草房靠着
一硬到顶的瓦房

母亲把骨血营养
都给了大平
大平长得身强力壮
二平像一窝兔崽的
最后一个
瘦小枯干
身骨单薄得风能吹透
草能绊倒
经常让马蹄窝绊个趔趄
大平一身心眼
连脚掌上也长了两个
二平只有一个心眼
憨实得别人都说
他们不像兄弟俩

队里让二平放几头牛
牛在前边跑
二平在后边追
追成一个泥人

老实的牛也欺负人

队里又让二平放羊
两只羊顶架,二平去劝
羊角豁破了二平的褂子
温顺的羊也熊人

队里后来让二平喂猪
猪用嘴把猪食桶和二平
一起拽进猪圈
愚蠢的猪也耍威风

二平伺候的牲畜
越来越小
二平越来越老
身子越来越小

二平轻得像影子
下工后悄悄晃进
纸糊窗棂的破败房门

一天夜里
大风掀掉了
二平草房的屋顶
像刮掉了头顶的草帽

衰朽的南墙塌倒了
二平睡在南炕上
正做着娶媳妇的梦
二平再也不用醒了

家贵和牛

家贵是老牛倌
染上了牛脾气
牛了几十年

牛是生产队的生产力
牛是家贵的孩子
家贵赶着、哄着、拉着、扯着牛
满山遍野去找
牛爱吃的草
家贵在乡亲们面前牛
牛在家贵面前牛

快过年了
有一头牛病得不轻
牛病得不是时候
过年了,可以
和庄稼人一起歇几天
牛病得正是时候
趁着牛还没倒下
赶紧杀了分肉
大伙儿过个
多点儿油星儿的年
家贵瞪起了牛眼
要杀先杀我
看哪个敢

家贵在牛棚和牛一起
过了个又乏又累的年
灌汤喂药
生火取暖
过年吃的青壳高粱米饭
喂了牛一半

年过完就打春了
那年春脖子短
救活的牛和
过完年的乡亲们
又下地忙活了

弯弯的山道

山道没有一条直的
不像山里人的脾性
山道没有一条不弯
不像山里人的心肠
憨直的山里人,直得
路头能看见路梢,但
走不直弯弯的山道

弯弯的山道,是
祖辈传下来的
山里人从不埋怨
这弯弯的遗产
接着踩接着往下弯
续着山村历史的笔迹
上工的一群
走成之字形
放牛的队伍
逶迤出S状
山道上叠压着一层又一层
山里人的脚印和
牛马骡驴的蹄痕

弯弯的山道
山里人生命的辙印
一个弯连着一个弯

从未直顺过
碰着石头压过去
遇着荆丛穿过去
爬梁上坡
挺着忍着往下伸延
即使隐隐现现
也不肯中断

弯弯的山道
装饰山村的霓虹彩练
挂在山腰
挂在村口
山风一吹
就飘扬起来

我也走上了弯弯的山道
连滚带爬
把疲累乏困忍耐丢在山道上
山道还给我
不怕石子儿硌的厚脚茧
和黝黑的皴
走过了那弯弯的山道
走别的道
从没崴过脚

大雪天的红围脖

初雪，下了一夜
山村涂满了白颜色
门开了，一团团白汽
托出了一片一片
红的绿的蓝的云朵

春提前到了吗
夏忍不住了吗
秋也跟来了吗
是知青点儿的姑娘们
系着围脖
飘进白色的世界
她们去后坡地
把埋在雪里的玉米
扒出来

红把白雪融化了
绿把白雪染花了
杏黄把白雪映得耀眼
粉点缀了白白的宣纸
洇成一丛梅花
彩色的围脖
迸进棉花堆里的火星
点燃了白雪统治的
地和天

等一会儿，后坡地里
红围脖就扯出一派金色
流金就会在银色的山河里
流淌开来

拖拉机和拖拉机手

村里惟一的
一头铁牛
趴在村口喘息
眼巴巴地看着
黄牛黑牛花牛骄傲地
奔向田野走上山道

山村水
少得可怜
更缺铁牛喝的油
每次给铁牛灌进
那么多油
不知引下了山里人多少涎水
山里人嫉妒铁牛的肚子
山村喂不饱铁牛

深秋的一天
铁牛灌饱了油
兴奋地爬起来
冲向田野
把刚歇息的土地
翻腾起来

土地的波浪土地的海
刚消瘦的田野

又呼地挺起了胸脯
铁牛的铧犁
谱出整齐的乐章
画了一幅梵高的油画
早晨还骄傲的牛群
投来羡慕的眼神
哞哞地拉开嗓门
叫唤喝彩

晚饭时，我看见
拖拉机手把炒鸡蛋
卷进油饼里
吃得满嘴流油
身边还有一壶
浓烈的老酒

程刚相亲

程刚是我山村里的兄弟
我肚子里，一年四季
装着一些
他家里的收成
压小了我饥饿的火苗
他的肚子里
装了不少
我灌给他的墨水
泡胀了他理想的种子
一心想走出山村的志向
把程刚装备得像城里人
我们咽下
粗糙的玉米饼子
一天天喂大
一起飞出山村的计划

那天有喜鹊登上了枝头
程刚和家媛相了亲
程刚告诉我时
左脸喜气右脸悲郁
眉梢的兴奋，遮不住
眼睛里的黯然伤神
和家媛结婚，是
树和山的结合
庄稼和土地结合

秋和收获结合
程刚的根
将永远扎在山村

程刚和家媛的儿子
很像很像父亲
小程刚接着父亲
继续做飞出山村的梦

山村的会

白天，吊在村口老榆上
那截铁轨
把娃娃们唤进课堂
晚上，有时
招来村民开会

山里人过节
女人硬要汉子洗把脸
他是她的脸皮
女人把鞋跟儿提上
用老旧缺齿的木梳
蘸着清水拢拢
沾着草屑的散发
一把抱过孩子
用皴黑的手指
揩去两股欲滴的鼻涕
拽拽皱巴的衣襟
走进夜色

那是山里人的社会
递个眼神，交换
烟叶的滋味
喷上脸的烟雾
启开了庄稼人的心扉
打呼噜也算发言

小梦儿里听着
听不大懂的精神
一句梦呓
家里的秘密露了馅
推搡中的打情骂俏
沟通了关闭着的心灵

那是山村的纽带
喝一眼井里的水
吃一条沟里的高粱玉米
同一个祖宗传下的种
半个村屯一个姓
一片天地一家子人
开会成了大家族的聚会
有会开,村子才像村子

甜美的觉

秋日里,我收获玉米高粱
又收获了甜美的觉
收获了熬过长夜的满身精神

放躺在大地的怀里
用垄台、茬子和
土坷垯垫背
那是大地母亲的亲吻

地气通畅了经络的网
潮润松缓了绷紧的骨骼
大地知道了我的疲惫

血管把心音
传导给大地母亲
她的血脉和我的血脉
一起跳动
我在大地的胸脯上
做了一回自然之子

田野的风,轻柔地拍着
大地真把我
当成了小孩

屎壳郎的嗡鸣

蜜蜂的哼唱
蝇虫的低吟
大地送来的摇篮曲
与我合奏了成年后的
第一次鼻鼾

我酣睡得不愿醒
刚才割倒的玉米又长了起来
翻个身继续睡
高粱就脱了粒
舂成白白的米
饭香钻出
热腾腾的笼屉
才把我熏醒
涎水已流满了腮

太阳沉下脸
趁着落日余晖
赶紧把没割的庄稼放倒

诗　　水　　流　　年

陆 / Part Ⅵ

山村备考

特别冷的隆冬
冻得冰硬的寒夜
有一盏不眠的灯
我和寒冷围着灯影
在山村备考

羊皮大衣裹着的心脏
硬推着血液流动
产生着寒冷中
惟一的热能
风打了个旋儿
穿破窗棂,走了
丢下话,屋里和外边
一样冰冷

电灯泡熬不下去
累断了疲惫的钨丝
我用油灯的火苗
把重重罩住山村的黑夜
烧开一条缝
两条飞跃牌香烟
撑挺着要弯倒的神经
村东头几声狗叫
竟然把刚记下的概念
吓忘了

如果有几口开水
就能多解开
几道数学题
有碗热汤面下肚
脑海里又能拽出
几条历史和地理答案
劣质香烟再多几根
还能再草拟
一篇练习作文

外面的冷风
哭嚎着吹起口哨
我裹紧羊皮大衣
勒了勒腰间的麻绳
挑了挑摇摇晃晃的灯捻

香烟告罄了
用僵硬的手指卷烟叶
外边飘雪了
雪花大大的
可以做练习纸
我把答题写在上边

夜映

一块闪亮的银幕
弄碎了山村
宁静的漆黑
放映员家明
用一辆加重自行车
把山里人陌生的
精彩世界
驮进山里来

没有月亮的夜晚
家明成了月亮
是山村权力最大的人物
吸引了全村的眼神
来的人比开会还全
男人的喝彩
女人的悲泣
小伙的放纵
姑娘的羞怯
要停就停要续就续
家明是总管

那个世界里的山
没有碾盘山好看
那个世界里人的命运
牵动山村的感情

那些红男绿女
那些武将儒生
那些古人今人
在那晚和那晚以后
热热闹闹地
走进家家户户
和山里人聊天
陪着做梦
一块儿生活
歇气儿时帮着解乏
烦闷时宽松心情
咀嚼寡味生活时的
一点儿味精

只是山里人变老了
那个世界的人
依旧和初见时
一样年轻

山村的味儿

生活的酵母
酿出了山村的味儿
烦它,就疏淡嫌恶
甚至反胃
爱它,就香醇诱人醉人,闻到
就让人心疼
久了,就被熏成腌成
一个山里人

山村的味儿
从土地里冒出来
伴着潮润的湿气
从老屋的墙缝挤出来
带着老辈人
咳嗽的唾液
山村的味儿
从一口黑牙的嘴里喷出来
蛤蟆烟的辛辣
野菜的清香
混着大酱咸菜的浓郁

山村的味儿
在庄稼人冬天的屋里
酸菜缸溢出的腐香
臭豆腐散发的霉香

烟叶笸箩飘出的辣香
灶膛吐出的烟香
掀开锅盖冒出的热气
送出了扑鼻的饭香
一开门,冲你个趔趄

山村的味儿
弥漫在山野里
青蛙蟾蜍鼓噪时换的气
牛倒刍滴出的胃液
马粪牛屎在太阳的温暖中
挥发着蒸腾的气息
黄狗吠叫时
洒向空中的唾沫
不用抽鼻翼
就能钻进你的胃肠

山村的味儿
裹在山里人的时光里
春天,草籽鼓胀萌动
刚挺出胚芽的嫩味
夏天,庄稼喘着粗气长
蚊蝇嗡嗡地
死赖着你的黏糊劲
秋天,一拳砸开香瓜

和着浓浓的香气
裹着瓜籽喷你一脸的汁儿
半夜从地里回来
打湿你裤腿的露水
冬天,冰雪雪花呼出的
一股股爽凌凌的气

山村的味儿
品不尽

努尔哈赤的老乡

小时候去过福陵
从石碑上嗅到了
努尔哈赤的呼吸
经过了岁月的消减
仍能感觉到
吞吐山河的震颤

小时候常到昭陵
残阳衰草中，看见了
皇太极英武的面影
踩到了
入关铁骑的蹄印
摸到了
飘潇的马鬃

到了碾盘山下的山村
从眼神的光棱锐气
甩马鞭的潇洒
挥动锄把的英姿
我发现了山里人
祖先的遗风
他们是满族人
努尔哈赤的老乡
我竟然和
福陵昭陵主人的子孙

成了同村人

碾盘山头
留下一道道印痕，那是
从赫图阿拉老城
吹来的劲风的遗作
火连寨、救兵台、辽阳城
方圆二三百里内的
这些有内涵的地名
印证着山村和过去的关系
讲述着山里人祖先的历史故事
常常点燃起乡亲们隐含在心底
自豪自尊的火苗

汪大爷家有一条黑狗
毛皮黝黑明亮
传说是一条神犬的遗种
那条神犬救过努尔哈赤的命

我时常挽起袖子
观察凸起的血管
思忖里边流淌的血
与努尔哈赤
老乡们的不同

夜 战

月光严峻冷清
不顾我们的疲乏
硬把山野照得通明
队长有令
借月明夜战
拔南坡地的花生

夜孕育了静
月流溢了光
土里的花生鼓胀着
急着挣脱地壳的搂抱
用果实回报山村
收获丰收的人们
接着白天的劳顿
继续困乏疲惫
只有蚂蚱不动声色
贪婪地饮啜着
花生秧叶上的露水

急急地突击劳作
好像不是在收获
是月光下的抢滩战斗
两根儿垅拔完
饥饿就把肚子里的玉米饼
剿灭干净

慌忙往嘴里塞几粒
肥胖鲜嫩的花生
嚼得满身香气
满嘴白浆
支撑着打完了
那场夜战

烟口袋

腰间挂着的
黑布烟口袋,配上
山风刻在脸膛上的沟壑,和
能藏住雨雪的胡碴
是庄稼汉长成的招牌

地头里炕头上
日头下月光中
烟口袋里掏出
焦黄的碎烟叶
垫着一片片岁月
在粗黑的手掌里卷着
卷近了亲情
卷拢了缘分
把乏累和忧愁卷进去
把夜色和黎明卷进去
把春夏秋冬全卷进去
抽一口,舒筋松骨
抽一口,消愁解忧
再抽一口,情浓意厚

我等不到脸上犁出垄沟
急着装备了烟口袋
很快让烟熏黑了牙
俨然一副山里人的架势

吐一个圆圆的烟圈
送思绪飘向空中
再让风切成丝条

书香饭香

高雅的知识殿堂
浓浓的书香
浸醉了我求知的欲望
可怜的玉米面窝头
清寡的菜汤
喂不饱辘辘饥肠

最后一节课的时光
只见老师的嘴
翕翕张张
无力闻其音
更不晓其详
留下一丝力气
听下课铃响

奔向食堂的人流
俨如赛马场的景象
食堂打菜的小姑娘
被唤成天使
都盼着她的勺子
加一点饭添一点汤

食堂离课堂不能太远
没有食堂
支撑不了课堂

书香源自饭香
饱饭之后的捧读
每个铅字都喷出
沁人心脾的芳香

没有书香，饭香
不会长久，我盼望
在饭香中享受书香

与烟诀别

列车拉着我
将要进入大学生活
进月台之前
我把半盒握手牌香烟
甩出车窗
与烟诀别分手

烟催我成熟
浑身的烟味
焦黄的手指
黑黄的牙齿
风雨把烟的颜色
烟叶的纹理
印在脸膛上
熏成了山里的汉子

烟是亲密的战友
烟雾陪着我度过日日月月
赶走无边的寂寞
熏走接近我的毒蛇
轰跑攻击我的蚊蝇
给我在山梁上看山
青纱帐里护青
夜行直街曲巷巡逻时壮胆

烟是离不开的密侣
烟瘾的满足
是快乐的享受
两条飞跃牌香烟,伴我
熬过寒冷的霜晨雪夜
缭缭绕绕的烟雾
发酵着我的求知欲
越来越膨胀
跃进龙门的功劳
分给烟一半

我在迷雾中清晰
在麻醉中醒着
在烟雾的银幕上
看到了父亲爬满额头
越来越深的皱纹
母亲企盼孩儿的面容和眼神

我的战友密侣
恰是父母风霜雨雪中
疲惫忧郁的眼神
让我不忍,又不得不
与你分手诀别

柴禾垛

堆在家家门前的柴禾垛
是冬天的温暖
炊烟的来源
炕热的原因
铁山爸爸用水
把给铁山娶媳妇预备的新棉被
淋湿裹在身上
扑灭了被雷电
击燃的柴禾垛
毁了全家最好的一床被
一床被抵御不了
冬天的寒冷

柴禾垛是一家人的脸
垛堆的大小
柴和草的比例
是一家人的勤和懒
老茧血泡汗碱
堆起了一座座柴垛草山
庄稼人没什么可储备的
积攒些碾盘山碾子沟的赐予
积攒些力气和血汗
烧够一个冬天
也不怕来年

柴禾垛和旁边的粮囤子
构成了庄稼人的地和天
大柴禾垛大粮囤标志着
人丁兴旺，劳动力多
村子里最小的柴禾垛
堆在二平家门前
那么小，小得可怜

我的七舍

七舍是我命运的驿站
从山野攀援到知识的殿堂
从冰冷进入温暖
哄热的暖气送来甜甜的梦乡
一摞摞书本散发着香气
把梦涂上金色银色
寝室里的学子交换着彩色的梦
你的梦悄悄潜入我的梦
我的梦到你的梦境
兜了一圈儿又回来

早午晚餐时奏响
碗筷羹匙交响曲
调剂着清汤寡水的伙食
南甜北咸东辣西酸的口味
把北人腌成南人
南人熏成北人
彼此变成了
同一缸里的泡菜

七舍是小小的港湾
却泊着驰往江海的大船
七舍是一小块儿山崖
却栖息着振翅拍天的鹰
在那狭小的空间里

豪情的浪花碰撞着激越着
理想的鸿鹄升腾着飞翔着

七舍是知识殿堂的一角
满腹经纶
一腔江河
胸怀大海
长江黄河珠江交汇融合
粤沪闽鲁川湘陕
南腔北调各地方言
互译交流侃侃而谈
内心感受　深刻体会　独立观点
七舍是我生命的驿站

狗肉汤

从长白山飘下来的雪
覆盖了桂林街
松江平原吹来的风
伴着辘辘饥肠
搅得无法读书
一股浓烈的肉香
把我从教室
诱到一间狗肉馆
比肚子还羞涩的兜囊
使我没有胆量
在溅着油星儿的凳子上坐下
抵不住肚子的抗议
终于做了
一碗狗肉汤和一碗米饭的俘虏

烫嘴的浓汤和着红色的辣椒末
排山倒海冲进
空空的曲肠
搅乱了五脏六腑的位置
热量射向身体的四面八方
蒸腾得使人晕眩
萎顿的汗毛，像禾苗
灌溉了久盼的甘露
愣愣地挺立起来
欢呼起来

晶莹剔透的米粒
像白色的珍珠
扑落进波涛翻滚的碧海

当时只知享受吞吐
第二天才顾上回味
那是长白山雪水煮出的汤
那是松江平原辣椒挥发的味

那个隆冬,也是半生的
最大享受
就发生在那间
桂林街的狗肉馆里

乡 梦

一连做了几次回山村的梦
就把程刚梦来了
他代表乡亲们
来学校看我
他带的鸡蛋
已在乡亲们的心窝里焐熟
花生,已用乡亲们想念的热火炒熟
秋梨,在米缸里埋了一秋半冬
浸透了浓浓的米香气
金黄的小米,我认出
它来自村东头
沟里的那片谷地

我走出了山村
程刚让爱情的温暖留在山村
程刚看我的眼神
含着羡慕、亲切和异样
说我瘦了弱了
像个读书人了
拿着我的校徽
摸了又摸,像要
摸到他的心里去

程刚说,好几个乡亲想来
但一张车票钱
要三个月的工分

青年点的老黄牛累死了
它拉得太多太重
汪大爷得了奇怪的病
浑身疼得在地下打滚

程刚带来的东西和消息
让我心疼让我震颤
我的山村　我走得太匆忙
没来得及和你叙叙衷肠
我不能把程刚和老黄牛带走
但应该让山风跟着
读书时送给我的清醒凉爽
把山坡上的落叶带几片
那是镜子,能看见乡亲们
亲切的面影
应该把虫唱蛙叫鸡鸣带上
让蛐蛐的夜唱
蟾蛙的长句
伴我夜读
让高亢的鸡鸣
喊我起床,陪我晨诵
书海里泛舟太乏时
青蛙鼓噪几声
跳到我的脚上
我的奢望
只能在乡梦中实现

知识的小溪

经过干热枯燥的长旅
我跋涉到了
七舍门前的小溪
它滋润了我的焦渴
每天溪畔晨读
溪水溅湿了
书页的一角
顺着小溪散步背英语单词
记得特别牢
一滴溪水滴深一个记忆

小溪流淌的不是水
是知识和智慧的琼浆
它是校图书馆门前老槐树
根叶渗滴出来的甘露
它从发黄的专著和
新写的教案中流溢出来
夜半，老教授备课的灯光
顺着小溪流泻过来
上边飘动着几根
鬓角的白发丝
梦里，那涓涓浆液
悄悄注进我的脑海

它是老师讲课时

挥洒的汗滴
是从外语楼维纳斯雕像上
淌下的乳汁
艺术系钢琴的琴键起舞时
把溪畔树枝上的
霜凌和雪粒震落下来
小溪不再飘动
凝结成一条清白的玉带

母亲的眼泪

母亲不识得几个字
都是用眼泪说话
小时候考了好成绩
母亲的泪滴在成绩单上
绽开了一朵欣喜的花
我长大了远行
母亲的泪水打湿了
我的行装
生病痛苦时
母亲爱怜疼惜的眼泪
是最灵的止痛药
跋涉攀登时
母亲的眼泪成了
动力的燃油

母亲很瘦弱
眼泪却像长长的河
把我的心肝脾肺肠胃
浸泡得跟她一样
软软的柔柔的
那不是女人的心肠
那是母亲的腑脏
是一千度的钢水
能熔化最坚硬的铁石

母亲是一眼眼泪的井
井水里蕴涵着特别的
金属元素
把我的毅力之树
浇灌得青翠茂盛
我的性格经过井水淬火
变得无比刚硬

傍晚，我们的家院

夕阳疲惫的光芒
泻满山坡下的家院
我用困乏的眼睛
数着战友们
一伙一伙地返回青年点儿

周大个儿第一拨
领着几个女伴
踉踉跄跄归来
白手巾渍成黄色
抖落白花花的汗碱

小柳弯曲着腰
拖着错位的腿脚
挪进小院
她是一棵柔细的柳
浪漫雅韵，经不起雨雪折腾
顶不住山风的摇曳
却每天采一把
山梁或沟底的野花
今天，花没有跟她回来

老知青马建国和
一队的几条猛汉
扭七歪八地斜进来

腰间别着长杆儿烟袋锅
显示着他的资格
黑布烟口袋吊在屁股后面
里边装着他在山村的岁月

乐天派的王大军
拎回一条斑斓的花蛇
向着女生们抖落
惊起阵阵
喊爹叫妈的嘶鸣

炊事班长的公鸭嗓宣布
二十分钟后开饭
饥饿已不耐烦
望着炊烟扯出的
一根根丝弦
战友们用筷子羹匙
敲起了饭碗
奏出充饥的晚唱

我这个与他们同龄的家长
满怀同情怜悯和无奈
督着他们饭后早点睡觉
在梦里回家看看

玉米和高粱

金黄的玉米和红彤彤的高粱
长成庄稼人的骨血,日子
就靠着它们延伸红火
填实肚皮是最大的心愿
酿成烈酒
把血红抹满脸

玉米和高粱是对孪生兄弟
一个化成金粉
一个打磨成珍珠
金粉涂抹着山里人的脸
珍珠不挂在脖子上
在肚子里深藏
玉米和高粱从辛苦的
矿藏里采掘出来
玉米是汗碱矿层筛出的黄金
高粱是汗水海洋浸养长大的珍珠

高粱是挺拔雄直的小伙
玉米是窈窕多姿的姑娘
高粱见到玉米
就臊红了脸
庄稼人当媒婆
玉米很快就怀了孕
秋天里收获

太阳和土地结合的子孙
东坡那块薄地
雨水不足的旱年
高粱玉米的子孙
都是营养不良的早产儿

玉米和高粱
生来就是一对舞伴
刚长出细细的叶子
就手牵着手
长大了,和着山风起舞
十月里,舞出感情舞出了果实
一个哈下沉甸甸的腰身,待产
一个挺着身板,成了壮汉

玉米高粱是山里人的地和天
比我们还苦的乡亲
一年里干一半稀一半
比我们还累的牛马驴骡
只能在草料里撒几把
搅拌搅拌,解解馋
就像六月里给地上化肥
就像我们过年

农具的歌

镢头、锄头是
庄稼人吃饭的家什
土地吞下种子
咽下庄稼人的汗水
咬噬了一柄又一柄锄头镢头
才吐出养命的秧苗粮食

苍老的汪大爷
论年纪才是
家里镢把锄把的儿孙辈
怪不得，每来一拨知青
汪大爷都炫耀
他锄爷爷镢爸爸的资格
我们嗅到了老主人身上的体味，和
他们的手温
锄头镢头比照着庄稼人打造
它们朝土地弓腰埋头
体现着庄稼人和土地的关系
锄头镢头和土地是生死之交
离开了土地，它们会痛
痛到失去生命
一面是废铁，一面是荒冢
土地的湿润
土地的亲吻
它们才不会生锈

不会衰老,越亲近土地
它们就会越闪亮越风韵越年轻

庄稼人的头颅
拱出了一条条垄沟
锄板在禾苗间游刃有余
是庄稼人把双眼长在了锄板上
镢头锄头是庄稼人的伴和依靠
是地头的沙发躺椅枕头
歇气时身子一挨脑袋一靠
收获的梦就开场了
白天镢头锄头陪着
夜晚老婆孩子陪着
小伙子把锄头拎在手里下地
潇潇洒洒
中年人扛在肩上
像扛着枪,雄雄壮壮
老年人当成拐棍
拄着去下地

庄稼人回归土地
用镢头锄头刨出
长眠的床铺和安息灵魂的穴
庄稼人最后的希望
一边躺着老伴

一边躺着镢头锄头
它们把庄稼人
从土地里刨出来
又把他们埋回土地

有一年遇到狼
镢头锄头奋力与恶狼交战
狼被打死时
肋骨断了八根

汪木匠

刨子冲子凿子一把锯
是汪木匠的全部行头
走村过镇送春迎秋
是闯世界的大人物
村里人一年见不到他几回
行千里路吃百家饭
村里人猜不透他肚里
有多少油水
木料在他手里像面团
做活儿就像变戏法
刨子一推,平亮光鲜的炕柜
映衬着新娘的媚眼
牢实的椅凳上
坐着新郎挺直的腰板
用脚走弯弯的山道
用眼瞄直直的墨斗线
用手丈量家什儿的间距
用心度量人生的长短

量不到底测不到边的
是他的贫寒
家里只有草房三间
老婆没穿过像样的衣衫
孩子见到他
扬起一张饥黄的脸

木板刮得平滑洁亮
他的脸，却让
寒风的刨子
冰霜的凿子
冷雨的墨斗线
镂刻得越来越粗糙
手艺越来越精道了
他自己却让岁月
雕蚀成一件残破家什

响鞭

车老板一记响鞭
打飞了最后一颗星星
红日露出了脸
震落了粉红清白的桃花杏花瓣
印满了大嫂姑娘们
刚换季的布衫
美气惊得车老板
看呆了眼
山村里一道春日的风景线

秋收的车队
一座座移动的小山
联络的信号
丰收的话语
心中的喜叹
是一声高过一声的响鞭
年轻的车老板歇气不歇鞭
响鞭比赛的协奏曲
是山村最动人的音弦

高老汉还未进家门
朝天一甩,响鞭三声
老伴儿,赶快端饭
晚饭后年轻人聚首
不叫不喊响鞭为号

鞭梢的音颤间奏
就知道是大牛不是小山
根子正谈恋爱
脆生生的两鞭
告诉恋人，约会地点有变
实施第二方案
长鞭上飘逸的红缨
赶着娘家送亲的车队
长鞭红缨甩出弧光
就是新娘俊俏的脸
响鞭声声炸响
把笑声唤出来
打碎生活的苦和难
送上日子的笑颜

扭秧歌

偏偏最冷的时候过年
山里人只能亮出
藏在心怀里的春天
偏偏最灰土的季节休闲
庄稼人就把压在箱底儿的彩色
尽情地展现
平日里愁苦沉郁灰头土面
庄稼人瞅准机会就要
露露另一张脸
高亢尖利的唢呐声一起
山村的天地一下子
就换了季

扭秧歌的队伍
长了又长　延了又延
木滞的腰腿扭活了
开春好种地耕田
当好咱这庄稼汉
古老的曲调
传了多少世的节奏步点
踩上去,你顺着我喘息
我和着你心弦
扭合了乡情,扭断了
一秋的别扭　一冬的怨

花枝招展的老太太
就是孤僻打蔫儿的赵老汉
扭着腰肢的大姑娘
就是老光棍儿汪永连
那三米五的高跷武生
是全村个头儿最小的汪桂年
划着旱船
涂脂抹粉的小媳妇
就是冤哄哄的高山占
今年五十三
打头的是一对
男扮媳妇女扮汉
他们就是扭秧歌
扭出了一世姻缘

诗　水　流　年

柒 / Part Ⅶ

野菜，山的赐予

冬日漫长
山里人储藏在屋里的
春华秋实渐渐耗光
开春就是一个坎
坎那边
是一年的光景
坎儿这边
是空空的愁肠

曲麻菜急火火地
从土里蹿出来
蕨菜不容分说
顶破土壳冒出来
山里人的碗里
盛上了开春的第一拨绿色
青黄不接这个词
刚一出口
就让春使
给噎了回去
山里人是大山的儿女
大山不养谁养

刚填了几口进肚
挖野菜的姑娘
就有奢望

悄悄把一朵苦菜花
插到了头上
春扑哧一声，笑了
山里人嘴里刚有一口
就会多一分畅想

山里人的幸福

幸福这个词儿
让文人和情爱打了捆
山里人就羞于说出口
只在心里追求

山里人管幸福
叫舒坦,叫觉着好受
就是顿顿都吃饱饭
不为青接不上黄发愁

汉子的幸福有股热辣劲
熬一年能造上一顿
猪肉炖粉条
配二两小酒儿
炕头要热,老婆身子要软
过两年,草屋翻盖成砖瓦房
下了工,在自留地边上
背着手转悠

女人的幸福绵软内敛
男人回来脸上挂着笑
怀里揣着恋家的心
孩子过年能穿上新衣裳
平时肚子装得满
满山的野菜挖也挖不完

娘家人夸自己嫁了个好人家

山里人的幸福，是
大山赐予的
山口外的多彩世界
与山里人无关
山里人从不想
为难大山
他们的幸福追求
不能超出山的承受
大山难受
山里人就没有了幸福
山里人要和山一起
享受幸福

大雪天

雪，厚得让人发愁
白得晃晕人的眼睛
天地让雪捂得严严实实
岩石峭起的地方
把雪被顶破了几个小口
像点点片片补丁
盼望吃饱穿暖的山里人
梦里把雪
当白面当棉花搂回家

大雪送来为难
牛羊艰难地抠出一点儿
活命的草料
用最后一点儿力气
哞哞咩咩地哀叫
无奈的麻雀
无力掀开大雪厚被的一角

大雪请来希望
大雪涵养土地的墒情
庄稼人就不怕
来年开春的掐脖旱
丰收就有了指望

大雪送来的收获

让人心怦怦地跳
一把苏籽一捧谷子
一张粘网几副鸟夹
在雪地里构成诱人的陷阱
让走投无路的麻雀、沙鸡子
成了我们满嘴涎水的猎物

雪天是山里人的洗礼日
庄稼人手黑脚黑脸黑
最洁净的部位是心灵
每一场雪
都把那个部位洗涤一次

灶 火

灶火点燃了山村的生活
灶火烧出了饭香
把男人从田地里招回家
还没有进大院
那辘辘的饥肠就半醉了
灶火烧热了炕
烤拢了男人散了架的身骨
熨平了冷得起皱的心绪
红红火火的灶膛
就是女人嘭嘭跳的心房
情有多厚　饭有多香
爱有多深　火有多旺

一茬接一茬的庄稼人
是灶火烧出的陶俑
娃娃帮母亲往灶膛里
续一根柴草，告诉大人
他懂事了
新媳妇过门的第一课
是和小姑子一起
往灶膛里添柴禾
用灶火上妆
那脸盘俊过
昨晚进洞房的时刻
青烟熏黑了手指

黄烟呛出了眼泪
白烟罩住了头发
灶膛里燃烧着
一把春一捆秋
新媳妇在灶膛前
燎烤成了一个婆婆

石头

山村里清醒的是石头
一切都看着记下
从不出声
让人感觉总是睡着
我在碾盘山上和它们熟了
才想起给它们表功

做成台阶
把人们送到高处
砌成堡垒
抵御进攻,保得安宁
打成地基
稳固大厦
刻成墓碑
让回归土地的人
活在地上
雕成石像
请千年帝王将相
亲自给游人导游
凿成石碾
把丰收盛到碗里
垒成井台
饮啜山里人的点点滴滴

山村里最硬的是石头

打石头是累活险活
村里管他们叫吃硬饭的
钢钎铁锤啃噬着
石头的骨骼
石头咬着牙忍着挺着
沉闷的一声炸响
石头终于憋不住
喊了一声疼

石头要了一只手
又要了一条腿
青石染成了红岩
石头再也不吭声

冰溜子

长刀短剑似的冰溜子
挂满家家户户的屋檐
雪霁后的第二天
山村的奇观

那是童年的冰棍
嘎嘣嘎嘣脆地嚼
冻麻了馋嘴的腮
咯倒了贪食的牙

冰溜子是庄稼人的汗和泪
生活压出了男人的汗
挤出了女人的泪
一些咽到肚里
另一些让冷风冰冻
挂到屋檐上

冰溜子露了庄稼人的家底
淡黄的是白菜帮晾晒出的水
青黄的是野菜干渗出的汁儿
那淡红的
是几粒山里红在屋顶
让雪水泡胀了

走出房门,冰溜子刮掉了帽子

我挥动锄把
残剑断戟
落满一地

桃花·杏花·梨花

每个春天
贵兴院子里三棵树
开着桃花杏花梨花
一连三个春天
贵兴女人给他生个女娃
春风把花瓣飘到
他和女人滚热的炕上
年年春天
院子里,桃树杏树梨树
静静地扬溢着雅气芳香
屋子里,小桃花小杏花小梨花
绕着贵兴和他的女人
欢快地开放
贵兴打开院门
花瓣随着春风
点缀山坳田野山梁
贵兴推开房门,他的三朵花
飘进村东头小学校的课堂

桃花杏花梨花
在山村越开越盛
一茬又一茬桃花杏花梨花
在山里人的屋里出生
硬逼着山村
改了几次村名

桃花沟杏花村梨树屯
喜了一群　屈了一群

桃花杏花梨花美了山村
鲜桃甜杏熟梨
香了醉了山里人
桃花姑娘,杏花嫂子,梨花老婶
让山里的庄稼汉
交了粉红的桃花运
领了香浓的杏花情
结了纯美的梨花亲

姑娘的桃花杏花梨花
开在山岗田野
开在耕耘的人群里
嫂子的桃花杏花梨花
开在房前屋后灶前炕头
开在男人的怀里
老婶的桃花杏花梨花
开在记忆的皱纹里
开在给儿孙讲的故事里

山里人享受着
桃红杏粉梨白的韵美和
飘荡的香雾甜风

也品味从花蕊到果实的历程
山里人春夏咧着嘴皱着眉
嚼过毛桃青杏梨蛋子的
辛酸苦涩
和着生活的五味咽下
山里人秋时酣畅地大口大口地
吞着红桃黄杏熟梨的
芳香甜蜜
伴着收获的喜悦品尝咂嘴

我沾了满身的桃花粉
衣衫浸透了香气
风把一页花瓣刮到脸上
我有了害羞的感觉
我和山里人一起
摘桃子,收获杏,品梨子

夜　路

月亮把光亮的清水
洒满山沟山梁
我匆匆赶路
却趟不出一圈涟漪
月亮领着星星
一路陪着走
它们离得太远太高
壮不了我的胆

白天让光明
管束得服服帖帖的小生灵
月夜里忘形地表现
寂静的黑暗
成了声音的放大器
蜘蛛吆吆地
纺织黏黏的网
蚯蚓窸窣地
吞土泄泥
毛毛虫哧哧地
啃噬树叶
蚂蚁轰轰鸣鸣地
挖洞掘土
花蛇嗖嗖地
穿过山路
我大声地咳嗽打口哨

黑暗中的山谷接过去
放大之后又送回来
一声变成两声三声四声
撞破了夜的幕布

没有星月的暗夜
萤火虫就是指路的灯

山里人和酒

红高粱和着碾盘山的泉水
酿成了庄稼人爱得要死的酒
庄稼人用血和汗熬炼成的精
就是酒的度数
泉水泻出的山气
就是那通脉涨脸的劲儿
在酒里泡几根草药
加上一条斑斓的蛇
大山涵蕴的精气神
就传给了山里人

酒就是情人恋人就是贴己的妻
庄稼人的愁绪烦闷
像草割也割不尽
庄稼人要过的坎
像绵延层叠的山峦
望不到边
酒到肚里
心田里的沟坎就填平了
心绪上的皱褶就熨开了
冬天上山带一壶酒
就把自己的女人揣到了怀里

酒是亲哥们是难兄难弟
醉了,把心肝肺和酒

一块吐出来
醒了，有福同享
有难同当

酒就是亲爹亲娘
喝醉了，爹娘就来了
用泪水给儿子
作解酒的药
酒就是天上的云
喝醉了就能上去游一回
酒是伴
谁亲近它，它就像老黄狗
对你，永远忠诚

都说见好就收
可和酒好上
谁能收得住

回归土地

柱子爹是全家人的柱子,已经
伤痕斑驳糠芯儿脆皮
那天早晨他没有起来
迎接晨曦,还不太老
就永远地睡去

我加入了送柱子爹
回归土地的人群
怕惊醒他的梦
就趁着要褪尽的夜色
走向坟地,那是
回归土地的入口

土地是安魂的厚被
晨鸟的长句
是悲悯凄怆的安魂曲
柱子爹伺候了一辈子土地
土地接纳了他的回归

两个馒头一碗肉
摆到了坟前
柱子爹最后的晚餐
是玉米面窝头就咸菜
村里人说,他积攒了一辈子
辛劳的钞票,回归土地后

会兑现成无尽享乐

为去享福的人送葬
山里人叫白喜事
点烟倒酒墩筷子
叙叨着柱子爹的为人德行
推杯换盏　喷着酒精气
安慰柱子的家人

柱子爹的白事,延迟了
柱子娶亲的红事
送回归土地的人,用完了
给婚宴准备的酒肉
我忽然明白了,对山里人
红喜事是艰难开始的仪式
白喜事是艰难终结的仪式

山中，有几棵白桦

山中几棵白桦
稀有得让人心疼
夹在成片成片
粗皮糙肤的黄松黑松红松中
是山村庄稼汉堆儿里
几个文弱的读书人
是青年点大院里
窈窕素韵的女生

白桦白得孤傲修美挺韵洁净
白得赤裸率真没有遮盖
没有世故的年轻人
容易爆出火一样的激情
山里人用它们做引火种
白桦通体儒雅文静，嫩白的树皮
是姑娘的薄脸皮
是细腻光亮的白纸
总想用热脸贴贴
总忍不住在上面
写几首小诗

在山村的掌故里，有个
穷得买不起纸笔的读书人
那又韧又软　薄如白纸的桦树皮
成就了他秀才的功名

山村里没有出过大人物
秀才就是山村的文曲星
山里人记下白桦的大功
尊白桦为秀才树
供着护着奉若神灵

山里人对白桦的恭敬
让我心动

铁匠铺

村口老榆树下
铁匠铺里的炉火
像山里人对生活的憧憬
常年兴旺通红
丁当的打铁声
敲醒沉睡的村落
敲落乏累的星星
敲开山里人的心锁
是山村好听的音乐

铁匠姓霍，叫成火铁匠
他的手艺，够格给霍去病霍光
打造平匈奴的剑
除了炉膛里和眼睛里
燃烧的火焰
铁匠铺和霍铁匠
都熏燎成煤黑色
那块抹满汗泥铁屑的围裙
是火和铁烧结凝成

霍铁匠从外地来
打铁打成铁样的身板
走州过府吃硬饭说硬话
凭着一手出色的硬活
留在山村过日子

镢头掘进的深度
镰刀割禾的锋刃
剪子剪布的钝利
都在霍铁匠手上掂量
村里的骡马
都喜欢霍铁匠给它们
打掌穿铁鞋

霍铁匠没娶上媳妇
打铁淬火硬了他的心
四季里只说过十句话
铁匠炉就是他的媳妇
和火说爱与火谈情
锤子是他的舌头
风箱是他的喉管
炉膛是他的心胸

黑狗

没有狗吠
就没有山村的味
夜半一声狗叫
叫醒了大半个村
叫出了一幅山村的写意画

狗靠忠诚的品性
有了在山里人心中的地位
没有狗的庄稼院
是不圆的月亮

黑狗在汪大爷家长大
更知道主人家境的艰难
变着法地讨好表现
为半年菜半年粮的日子
加了一点儿油腥

黑狗是汪大爷的帮手
打猎时侦察搜索
叼回落在山沟荆丛里的猎物
谁也替代不了

黑狗是守护神
一天夜里,回家的山路上
两只饿狼夹击

饥肠辘辘的黑狗
一对二的断杀后
汪大爷含泪把黑狗抱回家
太阳还没升起
它断了气
汪大爷和村里人都想到
救努尔哈赤的
那只神狗
黑狗保护了汪大爷一条命
神狗救了一代英雄
成就了一个王朝

清凉的秋

太阳刚落山
秋凉溢满了山谷
流进山村的家家户户
催促着灌浆灌得饱胀的
玉米高粱快点熟

燕子没告别，飞走了
蝉没预告，悄悄不叫了
云淡薄了　风爽硬了
山开始见瘦了
一片片庄稼躺下
田野露出了排排肋骨

苦夏过来的山里人
一把鲜花生
一穗烤玉米
几块生地瓜
撑起了收获的秋膘
高粱穗的血红
抹满了庄稼汉的脸

头一批新粮分到家
乐傻了庄稼人的大铁锅
烧起灶火
把清凉的秋

煮得热腾腾的

秋凉打开
闷了一夏的炕柜
风干晾爽过冬的衣裳
大嫂们用秋凉磨快了针
纳几双给男人做棉鞋的鞋底

秋凉清醒了
庄稼汉的脑神
盘算秋收后
给女人扯几尺花布
美美辛劳的腰身
弟弟的婚事不能过冬
借债也要把
山那边的姑娘娶进门
上冻前赶紧
加固草房的后墙
今年的债单
看来还要加长
一个清凉的秋
想成了一个清凉的愁

坟茔地

村东头那片坟茔地
聚居着裹着草屑沾着泥的
一群灵魂
他们守着村口
护卫着放不下搁不下的山村
他们总想拽住进村出村的乡亲
聊聊扯扯唠唠心情

村东头那片坟茔地
安息着山村的先人
进村的第一缕阳光
先抚摩他们的脸庞
上工出村的乡亲
先向他们问早
晚归时用疲惫的目光
叨念着怜爱道安的祈语
家里有一顿好饭
也不忘盛过一碗
清明时节的细雨
是永远流不干的思念的泪水

坟茔地里也有
不同的天地
家境各异的先人
享受着不一样的福分

孝顺的后人年年除杂草培新土
给先人换身衣裳
不孝的子孙
即使清明的春雨
也润不软他们的铁石心肠

路过村东头那片坟茔地
年纪越大的山里人
步态越缓慢目光越安详
他们正盘算着
坟茔地里自己的位置